© 1994 Residenz Verlag, Salzburg und Wien,
für die deutschsprachige Ausgabe
© William H. Gass
Originaltitel: »Mrs. Mean«, »Order of Insects«, »Icicles«
Alle Rechte, insbesondere das des auszugsweisen Abdrucks
und das der photomechanischen Wiedergabe, vorbehalten
Satz: Fotosatz Rizner, Salzburg
Printed in Austria by Wiener Verlag, Himberg
ISBN 3-7017-0859-2

Orden der Insekten

WILLIAM H. GASS

Orden der Insekten

DREI ERZÄHLUNGEN

Aus dem Amerikanischen
von Jürg Laederach

Residenz Verlag

Mrs. Mean

1

Ich nenne sie Mrs. Mean. Ich sehe sie so, wie ich ihren Mann und jedes ihrer vier Kinder sehe, von meiner Veranda aus oder ab und zu, wenn ich aus meinem Nichtstun aufschaue oder meine Vorhänge im ersten Stock aufziehe. Ich kann nur vermuten, wie ihr Leben in ihrem kleinen Haus vor sich geht; aber an feuchten Sonntagnachmittagen, wenn ich auf der Veranda sitze, um etwas von der Brise zu spüren, sehe ich sie in der heißen Sonne über ihren sorgsam gepflegten Rasen humpeln, die Gerte in der Hand, um ihre verstreuten Kinder zu prügeln; und ich wundere mich darüber sehr.

Ich kenne ihren Namen nicht. Der, welchen ich zu ihrer Kennzeichnung und zur Kennzeichnung ihrer Taten erfunden habe, ist viel zu abstrakt. Er deutet das gläserne Wesen, das Groteske des Typus an; ich bin aber ganz ehrlich auf ihn gekommen, und in gewisser Weise schmeichelt er ihr, so, als gehörte sie in ein Stück von Congreve. Dort könnte sie gemein sein, ohne im geringsten aufzufallen, in aller Formvollendung und Grandeur des Seins, und sie genösse noch immer Schutz vor den unangenehmen und bitteren Folgen ihres Wirkens, vor dem vollen Ton und dem kommunen Gefühl des Lebens; dies alles nagelt sie, in meinen Augen, auf ihrem glühend heißen Rasen ebenso fühlbar, laut und bitter fest wie ihre stechende Gerte.

Ich mag einmal etwas zu ihr gesagt haben – eine Banalität – und vielleicht habe ich einmal, während ich so spazierte, mehr als das getan: ihr zugenickt oder zugelächelt ... wenn auch nicht beides aufs Mal. Ich habe es vergessen.

Als ich mein Haus kaufte, wünschte ich mir in erster Linie, träge sein zu dürfen, nichtstuerisch nach der herrlich tatenlosen Art der Natur; denn damals fühlte ich, daß die Natur ohne Anstrengung produzierte, sich an der Verdauung und dem Atem Modell nahm. Die Straße ist ruhig. Mein Haus ist hoch und alt, so wie die meisten anderen, und sich weit verzweigende Bäume werfen Schatten auf meinen Rasen und überwölben die Straße. Hier bricht die Dunkelheit in jeder Jahreszeit früh herein. Die Alten leben ihr Alter zu Ende, sitzen im Schatten, in Schals eingemummt, kalt vor ihren Kaminfeuern. Eine Straße weiter baut man Geschäfte. Man fühlt die Wärme, die ein Produkt des Zerfalls ist. Ich sehe den Geschäftsvertreter. Er trägt Goldringe. Seine Hand gibt klare Anweisungen. In diesen unglücklichen Fenstern werden Lampen wachsen. Von neuen Treppen außerhalb des Hauses wird Wäsche herunterhängen. Niemand ist hier daheim außer mir; denn ich habe mich entschieden, nichtstuerisch zu sein, so wie ich sagte, mich mit Szenen und Bildern zu umgeben; Vermutungen anzustellen, mein Leben auf ein Gespinst von Theorien zu betten – wie eine Spinne in Bereitschaft, es zu flicken oder Eindringlinge auszusaugen, bis nichts mehr in ihnen drin ist. Während die Straße still ist, die Häuser unversehrt, ihre Fenster verdunkelt; während die Alten auf ihren Veranden sitzen und Berichte über ihre Gesundheit austauschen, haben die Means in der Folge eines Todesfalls nach dem einzigen kleinen Haus in der näheren Umgebung gegriffen. Baumlos und schmal steht es sommers in einer Pfütze Sonne und winters in einem Stoß Wind.

Mein Haus hat vorn und hinten Veranden und ist winkelförmig. Ich spioniere meinen Nachbarn sorgsam und geduldig nach, aber ich rede selten. Sie beobachten mich natürlich auch, und so finde ich, wir seien im Bösen quitt, obschon ich meinem Bewußtsein einen Anspruch auf wissenschaftliche Kälte zugestehe, den sie nicht erheben können. Für sie wird Nichtstun überhaupt nie zur Wirklichkeit. Sie bemerken das natürlich. Ich sitze da, mit meinen Füßen auf dem Geländer. Meine Frau schaukelt neben mir. Die Stunden ziehen vorbei. Wir reden. Ich träume. Ich lasse meine Schiffe auf ihren Meeren segeln. Ich lege meine Geschichten rittlings auf ihnen schlafen. Sie können sie nicht fühlen. Phantome des Nichtstuns sind nie eine Last. Wenn ich alt, krank oder idiotisch wäre, wenn ich in meinem Sessel zitterte oder in einem nach Süden blickenden Fenster verwitterte, würden sie meine Untätigkeit verstehen und billigen; aber selbst die wackligen Leutchen ziehen zuverlässig ihre Runden. Sie rechen ihre Blätter zusammen. Sie mähen und schaufeln. Sie schneiden ihre ungepflegten Hecken und Blumen. Das füllt ihr Leben aus. Mehr tue auch ich nicht.

Mrs. Mean zum Beispiel: woran könnte sie denken? Sie ist niemals untätig. Sie füllt jeden Augenblick mit Unternehmungen aus.

Als ich noch mein Landhaus hatte, sah ich an Sonn- und Feiertagen eine drahthaarige Frau mit ihrer Familie zum Strand fahren. Sie hatte alles gemietet. Ihre Familie zog sich im Auto aus, die Fenster waren mit Laken verdeckt, während die Dame in ihrer Jacke auf die Motorhaube klopfte, sie sollten sich beeilen, dann trieb sie sie zum Strand. Sie machte immer große Gesten zum Meer hin und ließ eine Uhr am Band baumeln. »Zeit ist Geld, wir wollen uns amüsieren«, sagte sie immer und setzte sich auf ein Stück Treibholz und schälte Erbsen. Die Kinder stupften mit ihren Fingern ins Wasser. Ihr Mann, eine verrunzelte, bekümmerte Seele, trieb sich am Rand des Wassers herum und betupfte langsam seine Handgelenke mit Ozean. Tatenlosigkeit machte sie zornig. Sie stieß ihre Schoten weg, schüttete ihren Schoßinhalt in einen Topf. »Fangt an, fangt an«, schrie sie dann, sprang auf, wies auf die Uhr. Die Kinder kauerten im Sand, bis an ihren Hintern Schaum klebte, starrten in ihre Eimer. Papa tröpfelte Wasser auf seine Ellbogen und Oberarme, während Mama zu ihrem Baumstamm zurückging. Dann fingen die Kinder an zu raufen. Es begann unsichtbar. Es ging schweigend weiter, ohne Aufregung. Sie traten sich ein bißchen und stachen mit ihren Schaufeln herum. Wenn sie sah, daß sie rauften, leerte sie ihren Schoß und sprang auf, schwenkte die Uhr und schrie, aber die Kinder kämpften bitter weiter, jedes für sich, warfen Sand und schwangen ihre Eimer, rollten auf dem Strand hin und her, in den bewegten Ozean und heraus. Sie lief auf sie zu, aber die See flutete den Sand hoch und trieb sie zurück, sie stand quietschend auf Zehenspitzen, auf dem weichen Sand schlurfend und ihn masernd. Die Kinder tauchten in den Wellenschaum und wurden wie entzweigeschnitten. »Verliert eure Schaufeln nicht!« Die Wellen schwemmten die Kinder an. Sie kuschelten sich zu dunklen Flecken am Strand zusammen. Zum Schluß lief ihre Mutter zwischen sie, schnell, zwischen hochkommenden Wellen des Ozeans, Hände auf den Hüften, Beine auseinander, sie warf ihren Kopf in der Mimik gargantuesker Lachsalven zurück, tonlos und zitternd. »Lacht«, sagte sie dann, »uns bleibt nur eine Stunde.«

Die Leute neben mir denken ganz primitiv, ich sei ein Feind, und sie hassen mich: nicht nur, weil ich gleichgültig bin oder Arbeit geringschätze, da ich keiner nachgehe; sondern wegen etwas, das, würde es für sie ausgesprochen, Zauberworte wären; ich nehme ihnen nämlich die Seelen weg – das weiß ich –, und ich spiele mit ihnen; ich lasse sie wie Marionetten in etwas hineinlaufen; ich bewege sie durch seltsame Menschenmengen und Leidenschaften hindurch; ich schnüffle an ihren Wurzeln.

Von allem Anfang an sahen sie, wie ich beobachtete. Ich kann mein Interesse nicht verbergen. Sie erwarteten vermutlich, daß ich bald voller Geschichten sein würde. Ich würde Miß Matthew von Mr. Wallace erzählen und Mr. Wallace von Mrs. Turk, und Miß Matthew und Mr. Wallace und Mrs. Turk würden die erste Gelegenheit wahrnehmen und mir alles, was sie voneinander wußten, erzählen, alles, was sie über Krankheiten wußten, alles, was sie ihrer selber für würdig erachteten und woran sie sich bezüglich ihrer Verwandten erinnerten und die ganzen Einzelheiten ihrer vielerlei Beziehungen zu gewaltsamen Todesarten. Als ich ihnen aber nichts mitteilte; als ich, auch im Vertrauen, niemandem etwas zu sagen hatte, da fingen sie an, so zu tun, als seien meine Augen Murmeln, und sie ließen ihre Leben gleichgültig an mir vorbeiziehen, als wäre ich auf meiner Veranda ein regloses geschnitztes Götzenbild, nicht ihres Glaubens, sondern in meiner eigenen Betnische; aber ich wahrte mir irgendwie mein Geheimnis, meine Potenz, so daß die Gleichgültigkeit letztlich nur oberflächlich war, und ich stelle mir so vor, daß sie einen Zwang verspürten, beobachtet zu werden – *überwacht* in allem, was sie taten. Ich sollte sagen, sie fürchten mich, so wie sie das Übernatürliche fürchten. So wie Mr. Wallace es fürchtet, fast tot, wie er ist, über seinen Stock gekrümmt. Jeden Morgen kommt er, wenn er kann, die Straße herunter, an meiner Veranda vorbei, sein linker Arm hängt ihm wie ein Schal von der Schulter, er schiebt seine empfindungslosen Füße voran, reißt Witze. »Ich muß umkehren«, seine Stimme ist heiser und laut. »Früher ging ich bis ans Straßenende.« Er wischt sich das Gesicht und trocknet sich die tränenden Augen. »Heiß«, schreit er, sich auf seinen Stock stützend, »letzten Sommer ging ich bis ans Ende.« Der Stock kommt ihm aus dem Bauch. Er schwankt hin und her. Wird er so sterben? Die Lähmung ihn ergreifen? ihm Schweiß ausbrechen vor dem letzten Stich des Schmerzes und der Überraschung? Der Stock wird sich in den Beton bohren. Sein Hut wird in meine Ligusterhecke fliegen, und das Aufschlagen auf dem Straßenpflaster wird ihm das Blut aus der Nase spritzen lassen.

Endlich kehrt er um, und ich entspanne mich. Seine Augen suchen gierig nach einem Freund zum Anschreien, zum Anbellen, so daß er stehenbleibt. Er blinzelt die Straße hoch, und wenn zufällig jemand erscheint, grinst Mr. Wallace und heult Hallo. Er schiebt sich zentimeterweise vorwärts, stampft beim Gehen auf, röhrt die Wetteransage für zwölf Uhr nachts. »Wußten Sie, wie hoch es um eins stand? Auf neunundzwanzig. Wir stecken im Juni, nicht in der Hölle, aber auf neunundzwanzig oben. Es sind bei weitem mehr als neunundzwanzig. Um zwei lag vor dem Mond eine Wolke. Um fünf herum hats geregnet, abers hat nicht abgekühlt.« Und die Morgendämmerung war so grau wie Seifenlauge. Zwischen den Garagen lag Nebel. Ein Stern, fast getarnt durch das Morgenlicht, fiel am Atlasnebel vorbei und starb nahe Gemini. Der Freund ist bedient, und Mr. Wallace hält inne, im Gesicht ganz rot geworden, seine Augäpfel rollen. Er beschreibt den Umriß seiner Schmerzen, die Dauer, Stärke und Qualität jedes Stechens, die feinen Schattierungen unbestimmter innerer Verletzungen. Er unterscheidet zwischen stumpfen Schmerzen und scharfen, zwischen blassen und hellen, drahtigen und wässerigen, morgens und abends. Seine braunen Zähne grinsen. Ist es besser, so seine Rede, bei Hitze oder bei Kälte zu leiden, stehend oder sitzend, lesend oder gehend, jung oder alt?

»Ich sag, es ist besser, wenns kalt ist. Sie werden sagen: nein. Ich weiß, was Sie sagen wollen. Sie werden sagen ›Wenn man auf den Knöchel klopft, jetzt wos kalt ist, dann läutets.‹ Ich weiß. Ein kaltes Schienbein auf der scharfen harten Kante von etwas – das macht was aus. Ich weiß. Machen Sie sich nichts draus. Verletzungen sind alles Feuer. Halten einen warm. Kennen Sie Leute wie den Mann im Buch, das ich gelesen habe? Hieß Scott. Kennen Sie ihn? Erfror. Scott. Wenn ich mit ihm zusammen so gefroren hätt, dann hätt ich mich rundum abgeklopft, bis es mir ganz weh getan hätt, so hätt ich nach dem Klopfen überall gebrannt. Hält einen warm. Sagen Sie mal, daran haben die nicht gedacht, oder? Erfror. Ich habs gelesen. Ich les viel, außer wenn ichs selber seh, oder dann würd ich gern. Eine halbe Stunde. Ich habs immerzu getan. Meine Augen brennen aber. Brennen Ihre Augen manchmal? Scott. Erfror. Na, Sie wissen, Erfrieren geht ganz still. Na! Sie wissen ja – heiß ists!«

Mr. Wallace schwenkt seinen Stock und spuckt aus. Die ganze Straße widerhallt von ihm. Sein Freund wird ganz klein.

Als nächstes kommen die Vorhersagen. Sie folgen auf die Schmerzen, so wie die Schmerzen aufs Wetter folgen. Jeder, der jetzt noch stehenbleibt, ist Mr. Wallaces Freund.

Die Sternschnuppe am Atlasnebel vorbei – ein grausames Zeichen. Sie sind alle schlecht, alle Zeichen. Das Böse ist über uns. »Das Böse ist in der Luft, die wir atmen, sonst würden wir ewig leben.« Mr. Wallace zieht das große Wort so hervor, wie er es zweifellos bei seinem Pfarrer gehört hat. Der Stock hebt sich mit Mühe. Die Spitze schwankt über den Baumkronen. »Dort«, bellt Mr. Wallace, und seine Hängebacken wackeln, »dort!« Und er wirft den Stock wie einen Speer. »Rauch, mein Lieber, kommt raus und versteckt den Himmel und vergiftet alles. Ich hab Husten.« Seine Hand ruht sanft auf seiner Brust. Er klopft mit ihr darauf. Er hustet stoßweise, und er stolpert. Speichelbläschen fallen aufs Pflaster und breiten sich aus. Der Freund oder freundliche Fremde taucht weg und lächelt und flieht, während Mr. Wallace stillsteht und auf das Wiederkommen seines Stockes wartet. »Ich kann mich nicht bücken«, flüstert er beinahe, versucht seinen verschwindenden Rücken mit dem Blick zu fassen. Sein Lächeln bleibt bestehen, aber seine Mundwinkel zucken. Müde fahren seine Augen hin und her.

»Stock Stock Stock«, ruft Mr. Wallace. Seine Frau eilt herbei. »Stock Stock«, ruft Mr. Wallace. Sie winkt mit dem

Taschentuch. »Stock«, fährt er fort, bis er ihm wieder ausgehändigt wird. »Heiß«, nickt Mrs. Wallace und wischt ihm über die Brauen. Sie setzt ihm den Hut gerade und wischt ihm über den Ärmel. »Du hast wieder deinen Stock weggeworfen«, sagt sie. Mr. Wallace wird feierlich. »Ich hab ein Eichhörnchen töten wollen, Schätzchen.« Mrs. Wallace führt ihn nach Hause, Gesicht tränenüberströmt.

Was für einen Lärm er macht! Als ich ankam, glaubte ich, ich könne es nicht ertragen. Sein aufgeschwemmtes Gesicht erschreckte mich. Seine Augen waren Löcher, in die ich stürzte. Ich wich seinem Schatten aus, damit er nicht auf mich fiel, und kam mir wie ein Narr vor. Er ist nicht so alt, vielleicht sechzig; aber seine Augen fahren hin und her, die Ohren läuten ihm, seine Zähne faulen. Seine Nase ist verstopft. Seine Lippen werden blaß und bluten. Seine Knie, seine Hüften, sein Nacken und seine Arme sind steif. Seine Füße schmerzen, die Knöchel geschwollen. Sein Rücken, Kopf und Beine tun weh. Seine Kehle ist rauh, seine Brust eingeschnürt, und alle seine inneren Organe – Herz, Leber, Nieren, Lunge und Eingeweide – sind schwach. Die Hände zittern. Das Haar fällt ihm aus. Sein Fleisch hängt schlaff herunter. Sein Schwanz ist, so stelle ich mir vor, zu einem Faden geschrumpft, und jeder Atemzug des Lebens, den er tut, stirbt ab, während er ihm in die Nase dringt und über die Zunge fährt. Aber Mr. Wallace hat einen starken Magen. Der ist straff und weich und rund wie der eines Babys, und alles, was Mr. Wallace hineinzutun gedenkt, wird rasch verdaut, denn Mr. Wallace, obgleich er feucht aussickert, tröpfelt und etwas Kot absondert, hat sich nie in seinem Leben übergeben.

Ich konnte hören, wie er herspazierte. Das war das

Schlimmste. Als ich im Garten rechte, sah ich in seine Richtung und ging ins Haus, als ich sein Kommen bemerkte. Trotz all meiner Vorsichtsmaßnahmen schwoll manchmal seine Stimme hinter mir, und ich sprang geängstigt und wütend auf. Sein feuchter Mund schnappte nach Luft. Seine Zunge wand sich über seine schiefen braunen Zähne. Ich wußte, was Jonas fühlte, ehe des Wals Kiefer zuschnappten. Mr. Wallace hat keine Vorstellung von den Gefühlen, die er auslöst. Ich schwöre, daß er bei solchen Gelegenheiten nach Fisch stinkt. Ich fühle das Öl. Es ist ein berührbarer Alptraum, ein Geruchs-Traum – als trennten sich mein Geruchs- und Tastsinn von meinem Hör-, Geschmacks- und Gesichtssinn, und während ich seinen Mund betrachtete und seinen Gruß entgegennahm, fiel ich vor Wale in Galiläa, von Salzlauge zerstochen und zerfressen, während der Fischgestank wuchs, wie er im Maul eines Wals wachsen muß, und darum herum dampfte die Hitze eines außerordentlich kräftigen Magens.

Immer deutlicher wußte ich, daß meine aufgehende Welt zerstört war, wenn er darin frei herumlief. Als Exemplar könnte mir Mr. Wallace zum Stolz gereichen. Gesegnet sei er in einem Spiritusglas. Aber frei herumlaufend! Da war es noch besser, den geschmeidig sich bewegenden Tiger oder die empfindliche Schlange oder den monumentalen Elefanten loszulassen. Ich war nichts als ein Ausgestoßener, der gleich gefressen würde. Es war Pech, und ich taumelte und verfluchte es. Mr. Wallace blies beim Atmen einen nassen Strahl aus, und ich schritt mit Ahabs Zorn und Haß auf der Veranda umher. Mrs. Mean verlangte nach meiner Aufmerksamkeit. Sie trat in mein Sichtfeld, glänzte vor Energie wie der Strahler eines Leuchtturms. Jedes

Mal bewegte sich mir heftig der Magen. Ihre Kinder purzelten wie Bälle auf die Straße, wie von Handschuhen und Schlägern geworfene Bälle, und am Tag, als Toll, der Junge, wie eine vom Bogen geschnellte Katze an Mr. Wallace vorbeiraste und wie ein Stein an einer Schnur um einen Jungbaum flitzte, so tödlich wie der kleine David, da sah ich, wie die Sache gewesen war. Na, das alles ist jetzt vorbei. Mr. Wallace macht mir so viel Angst wie die anderen auch. Er bewegt sich langsam, zentimeterweise vorbei. Er schaut weg. Er murmelt und sucht den Boden mit seinem Stock ab. Wenn Mr. Wallace endgültig gestorben ist, werden sie Kreppapier um seinen Stock wickeln und ihn in sein Grab stecken. Mrs. Wallace wird danebenstehen, um zu kreischen, und ich werde – was soll ich schicken? –, ich werde Begonien mit meiner Visitenkarte schicken. Ich sage Guten Morgen, Mr. Wallace, wie haben Sie die Nacht verbracht? und Mr. Wallaces Kehle stößt kurze Schnaufer voller Schweigen aus. Ich kann gar nicht ermessen, wie sehr mir das gefällt. Ich fühle, daß ich die Trägheit Gottes erreicht habe.

Außer im Fall von Mrs. Mean. Ich bin kein Vertreter übernatürlicher Kraft. Ich bin auf meiner Veranda kein Bild – kein Symbol. Mich gibt es nicht. Allerdings versuche ich – ich kann es nicht –, wie die Erde unsichtbare Fäden auszuwerfen, um ihre Gefühle an mich zu binden; sie nach Norden oder Süden drehen; ihren fleißigen Schoß befruchten oder nicht; sie dazu bringen, ihrer rücksichtslosen wilden Brut die Zartheit selbst von unbarmherzigen wilden Dingen zu zeigen. Und so brennt und brennt sie vor mir. Sorgfältig dreht sie ihren Hintern einem Baum zu.

2

Mrs. Mean ist kräftig. Sie arbeitet ziemlich viel an der frischen Luft, so wie jetzt. Ihr Arbeitstempo ist rasend, und die Hitze hält sie nicht ab. Sie jätet und schneidet ihren makellosen Garten, führt einen endlosen Krieg gegen die Schuhabsätze und die Dreiräder ihrer Kinder. Sie walzt und recht. Sie pflanzt und gießt. Fällt sie je in ihr Haus zurück, eine geplatzte Hülle, und leckt sie an der Dunkelheit? Die Vermutung ist absurd. Die Beobachtung verurteilt den Gedanken zu Lächerlichkeit. Aber wie mich der Traum freuen würde.

Ich würde einen Tag erträumen, der sowohl warm wie feucht wäre, wenn auch nicht alarmierend. Die Blätter würden sich lebhaft bewegen, und die Schäfchenwolken zögen schnell. Dies, um sie zu entwaffnen. Sie würde die Hecke schneiden; fest gebückt, sich kräftig bewegend, Stengel zerstörend; und dann stiege ihr Blutdruck, langsam, während Zweig um Zweig fiele; und so sanft wie eine Knospe würde in den Gefäßen ihres Rückens ein Krampf sich bilden, in der Biegung ihrer Beine, im Scharnier ihrer Arme, er würde sich um Rücken und Beine und Arme spannen und winden wie ein nasses Tuch, das sich verknotet, wenn es ausgewrungen wird.

Jetzt liegt das Blut schlapp in ihr, aber der Druck steigt, steigt langsam. Die Schere schnippt und klappt. Sie spannt sich wie ein Draht. Sie schreitet zum Haus, schüttelt sich das dünne Haar hoch oben aus der Stirn. Sie wird einen Rechen holen; vielleicht ein Glas Wasser. Seltsam. Sie fühlt eine Trockenheit. Sie schnüffelt in der Luft und schaut einer segelnden Wolke nach. Im ersten Schattenwurf der

Türe ist sie wie erschlagen und ganz taumelig. Ein Glanz wie der Glanz von Gott liegt in ihrem Auge, und die Welt ist rund. Brühheiße Luft fängt sich in ihrer Kehle, und ihr Bauch zuckt konvulsivisch, um sie auszuspeien. An ihrem Knie eine Krümmung. Der Himmel ist schwarz, und Kometen jagen vor ihr her. Ihre Hände fahren schlagartig nach vorn, hart auf der Schwelle der Türe. Krämpfe erfassen sie. Ihre Adern erschlaffen wie das Gummiband, das den Motor eines Spielzeugs aus Balsaholz treibt. Watet, von Bug bis Heck ganz wacklig vor Bestürzung, ihr Mann auf sie zu? Ach, ginge die Kraft alter Verfluchung an mich über, ich würde auch ihn damit schlagen!

... der vergeblichste Traum, denn Mrs. Mean ist kräftig, und Mr. Mean besteht aus Gelee, das sich nicht anpieksen läßt.

Mr. Wallace kann bellen, und Mrs. Wallace kann kreischen, aber Mrs. Mean kann zu einem Feuer- und Kriegsalarm werden, sie belastet jedes Ohr wie ein schmerzender Luftzug.

Unter den vielen Zeitschriften, auf die ich abonniert bin, befindet sich das sehr unterhaltsame »Digest der Sowjetpresse«, und ich erinnere mich an einen Artikel über das Unglück eines russischen Provinzstadtbezirks wegen der fürchterlich unzüchtigen, blasphemischen und skatologischen Schreie, die eine Frau namens Tanja gern ausstieß. Sie lehnte sich zum Fenster ihrer Wohnung im zweiten Stock hinaus, sagte der Artikel, und verfluchte das Provinzleben. Nichts brachte sie davon ab. Niemand näherte sich ihr, ohne daß er über beide Ohren rot wurde. Die Nachbarn drohten ihr mit den Stadtbehörden. Die Behörden kamen – und wurden von Kopf bis Fuß verflucht. Sie warfen ihr Trunkenheit vor, erröteten und drohten ihr mit den Parteibehörden. Die Parteibehörden kamen – wurden zur Gänze verwünscht. Sie sagten, sie sei eine schmutzige Frau, eine Schande für Rußland – eine Fürchterlichkeit vor Gott, hätten sie gesagt, da bin ich sicher, wenn der Name Gottes ihnen zur Verfügung gestanden hätte. Unglücklicherweise stand er nur Tanja zur Verfügung, und sie machte von ihm Gebrauch. Die Parteibehörden zeigten sie bei den Stadtbehörden an, und die Stadtbehörden steckten Tanja ins Gefängnis. Nutzlos. Sie fluchte zwischen den Gitterstäben durch und störte den Schlaf der Häftlinge. Auch tat es den Häftlingen nicht gut, ständig derartiges zu hören. Man verlegte sie in einen anderen Bezirk. Sie fluchte aus einem anderen Fenster. Sie setzten sie auf die Straße, aber das wurde sogleich als furchtbarer Irrtum erkannt, und man wies ihr wieder ihre Zelle zu. Der Artikel ließ Beleidigung und Unverständnis erkennen. Wohin mit diesem Monster? In ihrer Verwirrung isolierten sie sie nicht. Sie mochten nicht daran denken, sie zu erschießen. Sie hätten ihr die Zunge ausreißen können. Abstrakt gesehen hätte ich das am liebsten gehabt. Alle reichhaltigen Hilfsmittel der Zivilisation blieben ungenutzt, vernahm ich, während Tanja obszön über ihren Sims lehnte und im strikten Wortsinn auf die Welt schiß.

Auch Mrs. Mean verblüfft ihre Opposition bis zur Sprachlosigkeit. Es wurden Beschwerden geäußert, soviel ich weiß. Mrs. Mean wurde selber angesprochen. Mehr als einmal wurden die Behörden gewarnt. Nichts ist daraus geworden. Nun, das ist weise. Viel lieber nichts tun als unzutreffend handeln. Mrs. Mean könnte den Papst zum Christentum bekehren.

So erschallt denn die Trompete. Die Kinder zerstreuen sich. Sie rennen zu den Nachbarn, verfolgt von ihrem Stock und ihrer Zunge, so kann sie ihren Grasfleck mähen und feststampfen und wässern, damit er die ruhige Würde von Rasen erreiche. Aus einer Distanz von Ozeanen und Kontinenten bewundere ich Tanja. Ich stelle mir ihre rollenden Lippen vor. Ich rolle die Worte auf meiner eigenen Zunge – die lieblichen Worte, so geeignet für eine Ansprache an die Welt –, aber da rollen sie still, so keusch wie irgendeine Konjunktion; während Mrs. Means Stimme sie mit all der scharfen und doch übertriebenen Aussprache von altem Shakespeare-Englisch äußert. Durch Wut gewinnen sie an Lautstärke und brechen plötzlich und lärmend aus wie Panik. Dazu noch ist Mrs. Mean fast neben mir und nicht Kontinente und Sprachen weit weg.

»Ames. Du kleine Rotznase. Nancy. Hexe. Da, hier. Schau, wo du jetzt bist. Schau her, ja? Allmächtiger Gott. Los. Her mit euch. Herrjesus, warum mach ich mir die Mühe. Es könnt jetzt sterben, dir machts nichts aus. Zusammengedrückt. Dieses Gras ist nicht wie Ameisen. Toll, ich warne dich. Gott, Gott, wie hast du das getan? Warum, warum, sag mir das. Toll, was ist jetzt los? Toll, ich warne dich jetzt. Pike. Scheiße. Her mit euch. Was mach ich mit dir? Auf dich drauftreten, einfach so. Quetsch. Genau so? Warum es hübsch sagen? Warum? Ames. Verdammt. Au verdammt. Du kleiner Rotzer. Wart, dich krieg ich noch. Tim. Du bist so klein, Tim. Du bist so rotzig, so dreckig rotzig, so ekelhaft dreckig rotzig. Woher hast du das? Was *ist* das? Was ist jetzt wieder? Stell das weg. Brings nicht hierher. Stells zurück. Nancy. Hexe. Herrjesus, Jesus, jeminee, jeminee. Her mit euch. Hast du auf die Blumen gepißt? Timmy? Timmy, Timmy, Timmy, ja, hast du? Gottnochmal, ich verhau dir den Hintern. Komm her. Du bist so süß, so süß, so lieb, so herzig. Doch. Komm her. Ihr alle. Nancy. Toll. Ames. Tim. Kommt rein. Jetzt, jetzt, sage ich. Jetzt. Her mit euch. Euch jag ich alle.«

Allerdings ist es ein altes Spiel, und Mrs. Mean ist eine alte, alte Spielerin. Den Vortrag, so laut, emphatisch, furchterregend er sein mag, hat jeder schon früher gehört. Die Kinder überhören es fast völlig. Wenn ihre Stimme anfängt, rennen sie auseinander und fangen an im Kreis zu laufen, noch immer mit ihren kleinen bösen Spielen beschäftigt. Mrs. Mean droht und schmeichelt, aber sie unterbricht den Rhythmus ihres Jätens nicht. Toll gräbt mit seiner Schaufel ein Loch. »Grab nicht, grab nicht«, singsangt Mrs. Mean, und Toll gräbt. »Grab nicht, Toll, grab nicht«, und Toll gräbt fester. »Hast du mich nicht gehört? Nein? Hör jetzt auf. Grab nicht.« Toll läuft vor Anstrengung rot an. »Ich nehm dir die Schaufel weg. Grab nicht. Toll, du kleine kriechende Mißgeburt, hast du mich gehört? Ich nehm dir die Schaufel weg. Toll!« Die Erde ist durchstochen und die Grasstollen aufgehäuft. Mrs. Mean läßt ihren Pflanzspatel fallen, stürzt sich auf Nancy, die am nächsten ist, und schlägt sie heftig zu Boden. Nancy fängt an zu schreien. Toll läuft weg. Ames und Timmy gehen weiter weg und sehen zu. Mrs. Mean schreit: »Ha, du kleiner Stinker – frißt Dreck!« Nancy hört zu weinen auf und streckt ihre schmutzige Zunge heraus; und vielleicht lernt sie diesmal, obschon sie nicht sehr hell ist, daß sich Mrs. Mean immer leise auf ihr Opfer zubewegt und es, wenn möglich, lieber überrascht.

Toll und Ames sind schwer zu erwischen. Sie sind auf

der Hut. Wenn sich Mrs. Mean auf ihren Rechen stützt und Mrs. Cramm freundlich etwas zuruft – der unglücklichen Mrs. Cramm –, dann stoßen sich Toll und Ames gegenseitig von ihren Wägelchen; aber sie sind auf der Hut. Der plötzliche Sprung von Mrs. Mean über das Tulpenbeet täuscht nur den kleinen Tim, der den Finger in der Nase hat. Mrs. Cramm wird bleich und schrumpft und erträgt es wie eine Sklavin.

Einmal ging ich zu einer luxuriösen Dinnerparty, die von einer sehr seltsamen und sehr halsstarrigen Dame gegeben wurde. Das Mädchen vergaß die Bohnen zu servieren, und meine sehr seltsame liebe Freundin, ganz befangen in einer Erinnerung an ihre Jugend, die sieben Gänge lang dauerte, bemerkte das nicht. Ich allerdings schon, die anderen Gäste auch. Wir bestanden aus heimlichen scharfen Augen, aber wir waren vorsichtig. Waren es Spargel oder Broccoli oder Rosenkohl oder Bohnen? Deckte sie wie die allererfahrenste Schauspielerin den Fehler des Mädchens, so, als wolle sie einen umgestürzten Tisch und eine zerbrochene Vase in Zukunft zu einem normalen Abendereignis erklären? Sie freute sich an der Glorie der langen Stunden ihrer Schönheit. Die letzte Gabel Kuchen war in ihrem Mund, als ihre Kiefer zuschnappten. Ich hätte da jede Summe gegeben und jede Schurkerei begangen, um zu erfahren, was ihre Gedanken von fröhlicher Liebe und leichtfüßiger Jugend zu den grünen Bohnen und zu dem nicht wiedergutzumachenden Bruch der Ordnung gelenkt hatte. Sie hatte gerade gesagt: »Wir tanzten. Ich trug mein gewagtestes Kleid, und mich fror.« Sie sprach noch ein Wort oder zwei weiter, ehe sie ergrimmte und schwieg. Welcher Proustsche Prozeß vollendete die Angelegenheit?

Ich denke, es war etwas Nüchternes. Es schauderte sie – und da lagen in ihrem Geist die fehlenden Bohnen. Sofort erhob sie sich und servierte sie selber, kalt, auf Silber, vor dem Kaffee. Die Sauce Hollandaise war sicher schon geronnen, so ersparte sie uns das. Aber nur das. Wir aßen diese Bohnen ohne ein Wort, obschon einige unter uns bei manchen Gelegenheiten geschwätzige, unverblümte, rohe Typen waren. Unsere Gastgeberin ließ ihre eigene Portion stehen und kam rasch und streng wieder auf die Glorie zu sprechen. Von allen Sünden dieses Abends vergab ich ihr die am wenigsten.

Mrs. Mean springt über das Tulpenbeet, ihr Rechen fällt von ihr weg, ihre großen Brüste schwingen hin und her wie Glocken, ihr drahtiges Haar steht hoch und schnellt herum, während Mrs. Cramm so tut, als sei Mrs. Mean gegen Ende ihrer Arbeit ruhig, und sie beendet ihren ruhigen Satz mit ihrer stillen Stimme und schaut nach vorn, dorthin, wo ihre Nachbarin gewesen ist, so, als sei sie, in aller guten Manier, noch immer ehrbar da. Mrs. Mean röhrt Flüche und verbringt damit ihren Tag. Sie macht keinen einzigen Ansatz, damit aufzuhören. So bleiben Toll und Ames, der Ältere und der Klügere, auf der Hut und in Bewegung. Mrs. Cramm allerdings bleibt so still, als sei sie angepflockt, während Mrs. Mean mit rohen Platitüden und glattzüngigen Obszönitäten galant auf sie einhämmert.

Mrs. Cramm ist eine zerbrechliche Witwe mit Schnürsenkeln an den Schuhen. Ihr Pech ist es, neben Mrs. Mean zu wohnen und freundlich zu sein. Den Kindern widmet sie auf deren Flucht die freundlichsten, zärtlichsten Blicke. Anteilnahme steht ihr gut, und Gefügigkeit. Sie weicht vor Ohrfeigen zurück. Sie bedenkt Mrs. Means Stock mit einer

Grimasse, aber einer unauffälligen, es ist ihr derart zuwider, auch nur das kleinste Zeichen deswegen von sich zu geben, daß Mrs. Mean, die in der Welt nur das Kleingedruckte in Großbuchstaben liest, nichts mitbekommt – weder die verkrampften Hände noch den nervösen Mund noch die getrübten Augen. Zu stupid, um zu verstehen, demnach zu stupid, um zu hassen, allerdings spielt Mrs. Mean den Tyrannen so natürlich, daß ihr Mißfallen für Mrs. Cramm kaum unangenehmer sein dürfte als ihr Wohlwollen.

Es scheint beinahe so, als wäre Mrs. Mean für unbeteiligte Zeugen schlimmer. Sie wird ganz seltsam. Was vorher unbemerkt vorbeiging, das wird jetzt bemerkt und verflucht. Die Raufereien, die nur verflucht wurden, werden jetzt gewalttätig unterbrochen. Die schrillen Befehle werden zu Gebrüll und wandeln sich zu Drohungen. Es ist, als wolle sie ihre Umgebung mit der Tiefe ihrer Sorge, mit dem Edelmut ihrer Wertvorstellungen beeindrucken. Auf dem College kannte ich eine junge Frau, die, wenn sie auf Besuch war, sich oder das Zimmer reinigte, als gehöre es ihr: nahm Fusseln ihrer Bluse oder die Haare ihrer Perserkatze von Sofas und Stühlen; schnippte unsichtbare Schmutzflecken vom Fußboden, wischte Staub von den Tischen, putzte ihn mit dem Finger vom oberen Spiegelrand; und soweit ich herausfand, spielte es überhaupt keine Rolle, ob man unerwartet kam oder ob man eine Woche vorwarnte oder sie bei einem Spiel oder auf der Straße traf, immer putzte sie, wischte mit flatternden Fingerspitzen über ihre Bluse, fuhr mit einer Handbewegung durch die Luft um sie her.

Es ist noch früh. Ich warte auf den Bus, als Mrs. Cramm

mit einem Einkaufsnetz ängstlich von ihrem Haus aus herhastet. Ich will gleich den Hut lüften und freundlich sein, denn ich habe mit Mrs. Cramm wenig zu tun gehabt, und welche Kenntnisse die zerbrechliche Dame besitzen muß! Dann steht Mrs. Mean unter der Tür und schreit: »Cramm! Ein Tag süß wie Pfirsich, Mrs. Cramm, oder? Kommen Sie mal her!« Und ganz zögernd verläßt mich Mrs. Cramm. »Süß wie Pfirsich. Das Gras ist hinten etwas dünn. Es ist zu heiß für Grünzeug gewesen. Gottverdammich, Toll, halt still. Beweg dich keinen beschissenen Zentimeter! Da. Hat den Küchenboden geschrubbt. Man kann gar nicht empfindlich genug sein. Kinder rühren Sachen an. Nancy. Paß auf. Hat sich den Finger an Papas Rasierer geschnitten. Nancy! Bring deinen Finger. Zeig Mrs. Cramm dein Weh-Wehchen. Da. Sie erschreckt uns gern zu Tode.« Mrs. Cramm murmelt etwas, beugt sich vor, der verletzte Finger wird ihr an die Nase gestoßen. »Hat auch noch geblutet«, sagt Mrs. Mean, »ist ihr aufs Kleid, verdammtnochmal. Wie gehts deinem Weh-Wehchen jetzt, Nennie? Teufel, es braucht mehr Arznei. Kinder, Kinder. Kaum durch die Haut. Lauft und spielt, weg mit euch.« Mrs. Mean stößt das Kind weg. Ich wende meine Augen ab und drehe ihr den Rücken zu. Sie starrt mich an – ich fühle ihr Gesicht –, und ihre Stimme wird einen Augenblick ganz leise. Wenn sie wieder lauter wird, dann, um zu fluchen und zu befehlen. »Halt deinen Bruder vom Boden fern, ogott!« Der Bus kommt in Sicht, und in seinem Lärm verliere ich das ganze Geschwätz. Mrs. Cramm steigt nicht mit mir ein. Sie nimmt den nächsten Bus oder keinen, ich kann nur Vermutungen anstellen.

Da laufen sie weg: Ames, Nancy, Toll und Tim. Sie

reißen Blumen neben meinem Nachbarhaus aus. Sie zertrampeln den Garten weiter vorn. Sie laufen durch Mr. Wallaces Hecke, und während Mr. Wallace brüllt wie ein angesengter blinder Polyphem, lachen sie kristallklar und geängstigt. Ich hatte noch nie Schwierigkeiten mit ihnen. Vielleicht hat sie sie gewarnt. Nein. Würde sie nicht tun. Ich existiere gar nicht. Und außerhalb ihrer Reichweite ist eine Warnung soviel wie Gelächter. Sie sind ein Fluch für Miß Matthew, für Perkins-den-Tölpel, für Wallace, Turk, aber nicht für mich. So mag sie sie, wenn sie will, aus der Christenheit hinausfluchen, wie sie es täte, wenn sie die geistige Obhut über das ganze christliche Gras bekäme.

Ames, Nancy, Toll und Tim: weg sind sie. Drähte sind zwischen kleinen Stöcken gespannt und Tuchfetzen über die Drähte gehängt. Befehle werden verbreitet. Drohungen schweben über der Umgebung, und jetzt tritt Mrs. Mean in dem angegriffenen Gras auf, dreht sich wie eine vom Winde gebeutelte Vogelscheuche, trotzig und selber plump in ihrem Ehrgeiz.

Es ist sinnlos. Ihre Kinder laufen mehrmals hintereinander darüber. Sie empfinden es als einen natürlichen Weg. Sie schlurft über das Gras. Sie scheuern es ab. Sie stampfen und hüpfen und trampeln darauf herum. Sie schreien es nieder. Die Drähte haben sich gelockert. Die Bogen werden im Dreck nachgezogen. Zuletzt brechen die Stöcke oder werden herausgezogen. Nancy verwickelt sich mit ihrem Fuß in einer Drahtschlaufe und wird abrupt hochgezogen wie ein Hase, heult; und Mr. Mean erscheint, rollt mürrisch den Draht um die Stecken, über die Bogen, signalisiert, daß seine Frau sich ergibt. Die Kinder stehen in einer Reihe, während Mrs. Mean zwischen den Küchenvorhängen hindurch zusieht.

Das Sich-Ergeben geschieht keineswegs bedingungslos. Mrs. Mean leitet ihren Haß auf den Löwenzahn ab. Sie rupft ihn aus der Erde. Sie packt seine Stengel und Blüten in einen Korb, und sie werden getrocknet und verbrannt. Mit einem argwöhnischen Auge erfaßt sie das Nachbargrundstück, aus dem die sanften Winde die Samenfallschirme ihrer pflichtvergessenen Nachbarn heranwehen – natürlich nicht die von Mrs. Cramm, die sich einen Boy mietet, sondern die der beiden jungen Fleischeslustigen, welche rechts von ihr wohnen und die nur erscheinen, um Handtücher hinauszuhängen oder am späten Nachmittag rasch ins Auto oder aus dem Auto zu huschen. Die halten beide Händchen. Sie erlauben den Unkräutern jede Freiheit. Dort blüht der Löwenzahn in Pracht. Seitdem er das erstemal über ihren Gartenrand wuchs, betrachtet sie ihn mit Argwohn. Sein Blühen erfüllt sie mit Raserei, und in dem Augenblick, wo das junge Paar in seinem Cabrio wegfährt, steht Mrs. Mean in den hellen Blüten und knipst ihnen die Köpfe weg, bis ihre Finger gelb sind; schleudert das übrige wie eine Beschimpfung zu Boden, wo jedermann außer dem unansprechbaren jungen Paar die Schande ihres geköpften und zermanschten Zustandes fühlen würde. Mit einer großen und offenen Gebärde, die von dort aus, wo meine Frau und ich kühn sitzen und uns amüsieren, klar sichtbar ist und sich an die Welt richtet, hebt Mrs. Mean ihre erdverschmutzten Hände über den Kopf und schüttelt sie heftig.

Es gibt natürlich zu viele Löwenzahnblüten. Das junge Paar geht nicht oft aus; und während dieser Zeit wagt es

Mrs. Mean, solange der Löwenzahn seinen Flaum kriegt, nur der Grundstücksgrenze entlangzugehen, starrend, die Arme verächtlich auf die Hüften gestemmt, ihr Gesicht weißlich vor wütend inszenierter Resignation, sie sieht den leichten Fallschirmen hilflos beim Aufsteigen und beim Schweben über ihren Päonien, beim Vorbeisegeln an den Rosen zu, sieht, wie sie als leichte Küsse auf den Rasen fallen und den Samen unanständig auf ihrer Erde abreiben; sie würde es nie in Betracht ziehen – die Ehre verböte es –, auch nur einen Fuß über die Grenze zu setzen, wenn das junge Paar zuschauen könnte, oder mit ihnen, auch nur ganz taktvoll, über die Pflichten von Hausbesitzern zu reden; und tatsächlich hat sie dieses eine Mal recht; denn wenn die beiden nicht sehen konnten, was wir so leicht sahen, und wenn sie durch Mrs. Means öffentlich gezeigten Ärger auf sie nicht vor Scham oder Beleidigung tätig wurden, dann könnte sie das ganze Land, auf dem ihr Schloß wächst, umpflügen und salzen und würde noch immer nicht mehr Wirkung erzeugen als das gegenwärtige gleichgültige Schweigen und die Nichtbeachtung.

Also gibt es zuviel Löwenzahn, und er wirft rasch Samen ab. Die Samen erheben sich wie ein Sturm und fliegen in Wolken gegen ihre leeren Drohungen und ihr lächerliches Luftgefuchtel an. Dann setzt Mrs. Mean, wie sie es auch sonst immer tut, ihre Kinder darauf an. Sie jagen den weißen Flaum. Er tanzt vor ihrer Schar. Mrs. Mean schreit unzusammenhängende Instruktionen. Die Kinder laufen schneller. Sie springen höher. Sie wirbeln noch schneller herum. Sie schlagen die Invasion zurück. Aber die Samen tanzen unausweichlich an ihnen vorbei und fliegen weiter. Mrs. Mean selber ist geschickt. Sie schnappt die Fläumchen, wie sie vorbeifliegen. Sie zerdrückt sie; stopft sie in eine Papiertüte. Ihr Auge verfehlt kein Muster des weißen Gewebes auf dem Gras, und nach jedem nennenswerten Wind recht sie sorgsam den Boden. Die Kinder allerdings machen bald ein Spiel daraus. Sie spielen angetan, und mein Herz geht hinaus zu ihnen, tanzt dort, wie es das selten tut: fröhlich, wie sie in ihrer Lächerlichkeit, glücklich, wie sie im Inneren ihrer Verrücktheit sind.

Die Kinder zögern, ihre Lieblinge zu zerstören. Statt dessen fangen sie an, sie zu ermuntern, berechnen Entfernung und Windrichtung, stellen sich Ballons auf gequältem Kurs vor. Wer würde solche Luftschiffe vor der Zeit herunterholen oder ihrem natürlich eingerichteten, vom Wind bestimmten Weg in die Quere kommen wollen?

Mrs. Mean.

Sie wartet bewegungslos. Die Schwärme kommen, einer fliegt nah vorbei. Ihr Arm fliegt hinaus. Ihre Finger schnappen. Der Samen verschwindet, von ihrer Hand gepackt. Die Trophäe wird in ihre Tüte gestopft. Mrs. Mean ist wieder reglos, obschon die Tüte zittert. Ich werde an Eidechsen auf Felsen erinnert, meine Frau an fleischfressende Pflanzen. Mrs. Means Geduld dabei ist unerschöpflich, ihre Geschicklichkeit bestaunenswert, ihre Hingabe absolut. Die Kinder sind gegangen. Ihre Schreie machen keinen Eindruck auf sie. Mrs. Mean ist ganz versunken. Sie wartet. Sie füllt ihre Tüte. Aber zum Schluß greifen die wütenden Finger in die Luft, der Arm reißt eine leere Hand zurück, und Mrs. Mean senkt ihren Blick auf ihren Mißerfolg. Ganz lebendig wirbelt sie herum. Ihre weite Bluse hebt sich. Es ist ein rohes Ballett, eine wilde Pantomime; denn Mrs. Mean, anders als die anderen Mütter meiner Straße, schreit ihren Kindern ihre verzweifeltsten und entschlossensten Wünsche nicht nach. Sie warnt mit einer Trompete, aber wenn man sich um ihre Warnungen nicht kümmert, ist sie so still wie eine Schlange. Ihr Kopf zuckt, und ich weiß vom Lesen der Zeichen, daß Mrs. Mean eine Waffe sucht. Jetzt sind die Kinder der irrende Flaum, die undisziplinierten Samen, und obschon es ziemlich kleine Kinder sind, vergrößert Mrs. Mean ihre Kraft immer mit einem Stock oder einem Riemen und widmet ihrer Gefangennahme und ihrer Züchtigung dieselbe Energie und trotzig ausschließliche Absichtlichkeit, die sie für die Zerstörung der Unkräuter aufbrachte.

Keine Dschungeljagd war je stiller. Sie entdeckt einen heruntergefallenen Ast, die Blätter noch grün. Sie schüttelt ihn. Die Zweige peitschen, und die Blätter rascheln. Sie erblickt ihren ältesten Jungen neben dem Schuppen, er ist starr vor wildester Spannung. Sein Samenschirm fliegt in einer Luftströmung herum. Er hüpft auf ein Loch in dem Schuppen zu, wo Katzen kriechen. Seine Mutter humpelt auf ihn zu, den Ast hoch erhoben, steif, geräuschlos, als gehöre es jetzt mit zur Strafe, daß er überrascht wird, seine Freude durch Furcht erstickt ebenso wie durch die Schande, mit Blättern um die Ohren gehauen zu werden.

Ich nehme an, sie ruft sie nicht zu ihren idiotischen Aufgaben, weil sie gehorchen könnten. Ihr Ärger ist zu groß, als daß er Gehorsam ertrüge. Die Beleidigung muß genährt werden, fett werden, um zum Gefühl zu passen, sonst könnte sie ins Leere schnappen und töricht wirken. So scheint es eben, daß alle ihre Kinder ruhig und schlau weggeschlichen sind. Will es eben scheinen, daß sie sich über sie und ihren Haß lustig gemacht haben. Sie müssen deshalb ruhig und listig verfolgt, nach Hause geprügelt werden, gejagt wie die Hunde: auf alle viere gebeugt, ihre Hintern verdeckend, mit den Händen die Hinterseite ihrer nackten Beine und die Ohren vor dem Biß der Gerte schützend; verkrümmt wie Krüppel, vom Schmerz des Riemens in Rucken wegrollend und weghangelnd, mit den Armen wild rudernd, als verscheuchten sie Fliegen; gleichzeitig still, voll in Anspruch genommen, so dumpf wie die dumpfsten Tiere; als wüßten sie, daß kein Aufschrei ihnen hülfe; sich wie der Gefangene weigernd, dem Feind Genugtuung zu verschaffen – obschon das jüngste Kind erst zwei ist –, und dieses Schweigen, während sie vor ihr fliehen, ist für mich schrecklicher, als wenn sie schrien, daß das Blut stockte und sich der Stein erweichte.

3

Mrs. Mean packt Ames am Arm, dreht ihn ihm auf den Rücken, läßt Schläge auf seinen Kopf und Nacken prasseln. Er entzieht sich und läuft weg. Das ist genau ihre Absicht. Sie erlaubt seine Flucht. Jetzt kommen die Wörter, und ich verstehe, daß das Schweigen ein Damm gewesen ist. Ihre Arme zeigen anklagend auf seinen augenlosen Rücken. Sie verflucht ihn. Sie spricht ein Urteil über ihn aus. Sie kann seine Faulheit, seine Nutzlosigkeit, seinen Ungehorsam, seine Dummheit, seine Verwahrlosung, seine Schmutzigkeit, seine Häßlichkeit nicht verstehen; und Mrs. Mean wirft in die Aufzählung nicht nur die Fehler, die sie in seinem jetzigen Betragen findet, sondern alle, an die sie sich erinnert, seit er zum ersten Mal von der Faust des Arztes herunterhing und zu langsam zum Schreien war oder zu erstickt schrie oder zu rot war oder zu schrumpelig oder zu klein, oder aber er wurde mit einem Ekzem auf der Brust geboren – eine schreckliche Demütigung für seine Mutter. Seither ist er nur eine Schande gewesen, eine Schande an jedem seiner Tage und in jeder seiner Taten. Das höchste Wort wird ihm nachgeschleudert, als er die Tür ins Schloß wirft: Schande! Durch weitere gegen das Fenster im ersten Stock gerichtete Schreie wird ihm zu verstehen gegeben, daß noch mehr nachkommt, daß sie nicht fertig ist mit ihm, dem schändlichen, respektlosen Jungen, dem schändlichen, ungezogenen Kind; und manchmal, obschon nicht diesmal, wenn der Junge ungewöhnlich gute Laune hat, wenn er stärker als gewöhnlich von Auflehnung erfüllt ist, streckt er rasch den Kopf zu dem Fenster heraus, das meiner Vermutung nach das seines Zimmers ist, denn dorthin hat man ihn geschickt, und wird seiner Mutter eine entsetzliche Fratze und einen schrecklichen, ekelhaften Lärm entgegenschicken; worauf Mrs. Mean anhalten wird, als hätte man ihr einen Schlag versetzt, ihren Atem einziehen, eine fürchterliche Pause einlegen und bei dem Affront: *Was!* schreien; um dann voller Spott und Verachtung zu explodieren, »Du! Du! Du!«, bis sie wie ein Motor ins Stottern gerät. Sie treibt die anderen Kinder zu einem Kreis zusammen, wenn man sie noch zusammentreiben muß, und einige Minuten später kann über die ganze Häuserzeile weg das Schmerz- und Leidgeheul gehört werden.

Dies sind die Gelegenheiten, so denke ich, bei welchen die Kinder wirklich verletzt werden. Die Schläge, die Ohrfeigen, die Gertenhiebe, die sie kriegen, sind zweifellos schmerzhaft, aber auch, in gewissem Sinn, Routine. Die Schläge erinnern mich an das Repertoire des Pausenhof-Schlägers: Der Knuff, der Puff, das Ziehen an den Haaren, der plötzliche Schlag auf den Armmuskel, der rasche Tritt ans Schienbein, Ellbogen in die Schnauze. Das Böse, das alltäglich ist, geht im Leben unter, tritt ganz schlau darin wieder auf; wird ein Teil des gewöhnlichen Lebenspulses. Erstens ist es ein praktisches Gefäß für Tadel. Es faßt allen Haß. Wir halten uns daran fest – die ewige und immer gute Entschuldigung. Wäre es nicht so, ja dann, so sagen wir, würden wir uns bessern, wir hätten Erfolg, wir würden weitermachen. Und dann, eines Tages, ist es notwendig – als wäre es eine Pein gewesen, so lange zu atmen –, daß wir, wenn die Pein schließlich aufhört, vor Angst ersticken. So wachsen sie darin auf. Jedenfalls wachsen sie. Sie kennen die Regeln auswendig, denn es ist wie ein Spiel, ein Spiel, das beim Spielen keinen Spaß macht und keinen Gewinn abwirft. Ames geht ins Haus zurück, mit Mrs. Means Verwünschungen auf dem Buckel, während die anderen, gewarnt jetzt und munter, sich weit weg in Durchgängen und um Garagen und alte Remisen zwischen den näher gelegenen Häusern herumtreiben, als Mrs. Mean sie vorsichtig sucht, sorgsam hinter sich späht, sich oft rasch einmal um sich dreht, wieder etwas zurückgeht, gekonnt um Ecken späht, bis sie eines findet und die Entfernung ganz klein geworden ist; da macht sie einen plötzlichen leisen Sprung mit ausgestreckter Gerte und schlägt damit in die vor ihr liegende leere Luft, peitscht das nach Hause laufende Kind auf die Fersen. Ich kenne nicht alle Regeln, oder ich verstehe sie nicht ganz, aber mir wird klar, daß die Vordertüre immer geschlossen ist, wenn Mrs.

Mean an der Arbeit ist, denn die Kinder versuchen sich nie dort hineinzuschleichen; und ich denke, das Haus muß die Versammlungsbasis sein, der geschützte Altar, außer in den schwersten Fällen. Wenn sie auch nicht wieder hinausgelassen werden, so werden sie doch wenigstens nicht geschlagen. Sie müssen nicht im heißen Garten den Löwenzahnsamen nachtanzen.

Meine Frau und ich finden es seltsam, daß sie jetzt alle heimlaufen. Es scheint pervers, unnötig opferwillig: das eigene Ego läßt sich wie in einer großen vorwärtstreibenden Menge blind über Klippen blödsinnig ins Meer führen. Wir würden weglaufen, versichern wir uns im Erwachsenenalter gegenseitig, wissen aber, noch während wir die Feststellung treffen, daß wir selbst in unserem Alter, erwachsen, wie wir zu sein vorgeben, zum vergifteten Nest zurückkehren würden, so wie sie zurückkehren –, Kinder, noch immer mehrheitlich auf nach außen gedrehten Füßen, die Mädchen noch ohne Brüste, die Jungen noch unentwickelt und weit vor der Pubertät. Wir würden an unseren Schmerzen kauen und wieder die Schmerzen unserer Anfänge spüren. Wir würden uns nach den wunderschönen Klagen in unseren alten Beziehungen sehnen. Das älteste Kind der Means mag eines Tages sagen, wenn es vor einer Gemeinheit eigener Art, seiner gemeinen eigenen Seele steht, es sei als Junge geschlagen worden; und es mag aus der Tatsache einen gewissen Trost ziehen; es mag wenigstens einen Teil seiner Vorwürfe auf die Zeiten schieben.

»Diese Scheiße gehört nicht zu mir«, »Mann ist, was er ißt«, »Wehe der gegenwärtigen Zeit!«

Wir sähen es gern, wenn sie *wegliefen*, sicher, so wie wir wegrennen wollten, denn wären wir weggerannt, hätten wir den Mut gezeigt, den wir uns so leichthin für sie wünschen, wie auch die nötigen Möglichkeiten, so finden wir, wir wären jetzt doch moralisch, befreit vom Bedürfnis, uns von unserem Schmutz loszusagen, zusammengekugelt, unseren Schwanz mit unseren Zähnen haltend. Dazu müssen wir die Vergangenheit übertreiben. Wir blähen sie auf mit unseren Unrechttaten. Zum Glück für uns damals, unglücklicherweise für uns jetzt, war das gar nicht so schlecht. Wir wurden weder verfolgt noch geschlagen. Man erbettelte nichts von uns in unserem eigenen Garten. Wir wurden nicht geprügelt, während die ganze Welt zuhören konnte. Unsere Überraschung ist symbolisch. Sie ist eine Sprechfigur. Sie drückt einen eigenen Wunsch aus; und wenn wir, meine Frau und ich, wirklich die Empörung und Enttäuschung fühlten, die wir in Worte fassen, sobald wir die Meanschen Kinder zu ihrem Bienenstock fliehen sehen, wenn wir je vom Ärger, den wir auf Mrs. Mean richten, etwas abzweigten und auf sie anwendeten, dann wäre es von unserer Seite eine Ungerechtigkeit, fast die größte, die von bloßen Beobachtern überhaupt ausgehen kann; dies alles, obschon ich nicht über Ungerechtigkeit erhaben bin und trotz seiner schrecklichen Lage gegen Ames, das älteste Kind der Means, eine Abneigung eingestehen muß, besonders wenn er auf seinem Fahrrad sitzt; sie ist so tief wie meine Abneigung gegen seine kuhbrüstige, pferdenackige, schweinsgesichtige Mutter. »Es mag ihm mitgegeben worden sein, aber er *ist* böse, unnatürlich böse«, sage ich leider häufig. »Er kann nichts dafür«, sagt meine Frau, und ich starre auch auf die Kinder, während Mrs. Mean sie nacheinander abduscht und sie zum Haus laufen oder unsicher dahin wackeln, weil ich weiß, daß meine

Frau recht hat. Bei ihrer Dummheit, ihrem Charaktermangel, ihrer Kampfesunlust empöre ich mich laut –, ich habe meine Liste, so wie Mrs. Mean die ihre hat –, denn ich bin in diesen entfernten Scharmützeln so ängstlich, so kühn und aufbrausend, wie ein scheuer und furchtsamer Mann es nur sein kann.

Aber letztlich muß es in diesem kleinen Haus doch Winkel für sie alle geben, persönliche und vertraute Plätzchen, wo die Wände zusammenkommen wie die Beuge eines weichen, warmen Armes und wo eine gewisse Zeit mit privaten Schätzen verbracht wurde. Es muß etwas zu sehen, etwas zu berühren geben, das ein Trost ist und das sie immer in ihre Falle zurücklockt. Wir wurden Gott sei Dank nicht von Mrs. Mean gestillt oder gebadet oder gekleidet oder ins Bett gelegt oder genährt, wenn wir krank waren. Vielleicht ist ihre Berührung manchmal weich und ihr Ton zärtlich. Meine Frau hat Hoffnung.

Ich habe eigentlich keine. Ihr Haus ist aus Lebkuchen. Die Farbe blättert böse ab. Es hat ein Blechdach. Die Vorderveranda ist schmal. Das Haus ist schmal. Die Fenster sind klein und schmal. Die Dachtraufen müssen repariert werden. An den Seitenwänden des Hauses Rostflecken. Im Fundament Sprünge. Der Kamin steht schräg. Ich kann es mir nicht sehr lange als schützenden Altar vorstellen. Ich versuche es. Ich sehe, wie die Kinder ihre Kreisbahnen darum herum ziehen. Sie verschwinden darin, und ich versuche mir vorzustellen, daß sie wie Quasimodo um Hilfe und Sicherheit schreien könnten. Aber gibt es für uns irgendeinen Grund zur Annahme, das Leben darin sei irgendwie besser als das uns sichtbare Leben draußen? Meine Frau würde es gern glauben. Aber ich kann mir den tiefen Schatten dieses kleinen Hauses nicht mit irgendeiner Wärme erfüllt vorstellen, außer vielleicht mit dem wulstigen feuchten Fett von Mr. Mean, der wie eine Kröte in seiner Unterwäsche dahockt, die hellen harten Augen wie Perlen in seinem Gesicht, mit der Zunge die Mundwinkel leckend, seine Finger sachte seine anderen Finger von oben bis unten reibend, seine Beine sich aneinander frottierend, seine blasse Haut bläulich im schlechten Licht.

Dann aber wird meine Frau auch oft von ihrer Einbildung getäuscht. Ich habe versucht, ihr nachzuhelfen, aber ihre Gefühle sind zu leicht erregbar. Ihr Blick dringt nie unter die Haut. Nur ihr Herz, nur ihre zartesten Gefühle sind bei der Sache. Ich hingegen schneide wie ein Chirurg alle äußerlichen Auswachsungen weg, alle bloßen Zeichen von Krankheit, und ich gelange zum Zentrum des Übels. Ich habe zum Beispiel eine Vorstellung von dem Licht als einem ewig schlechten Licht von ungenügender Stärke und ärmlicher Farbe, weil es durch zuviel Staub und Musselin reisen, weil es sich zu lange in der Gesellschaft von dunklen Teppichen und Mohairsesseln und Lampen mit Satinschirmen aufhalten mußte. Die Luft, so fühle ich, ist ebenfalls schlecht. Die Fenster gehen nie auf. Die Hintertür schlägt auf und zu, aber der Wind ist rein metaphorisch. Alle Sachen, die in ihrem kleinen Haus hängen, hängen bewegungslos und bolzgerade. Nichts ist schmutzig, aber nichts fühlt sich sauber an. Das Schreibpapier klebt an der Hand. Ihre Toilette schwitzt. Die Vorräume sind kühl. Die Wände sind feucht.

Ich spielte noch mit Spielzeugautos und grub Straßen um die Säulen der Familienveranda, als ich zufällig meine Hand auf ein kaltes Rohr legte, das da aus dem Boden kam, und ich sah nahe bei meinem Nasenende, feucht, auf dem Rücken eines Pfahls vier fette weiße Schnecken. Daran denke ich, wenn ich an das Meansche Haus und an den blassen fetten Mr. Mean denke, und das Bedürfnis, zu schreien, wie ich es damals getan hatte, kommt stark in mir hoch. Als ich hinauskroch, schlug ich mir, so erinnere ich mich, den Kopf an. Ich fürchtete mich, meinem Vater zu erzählen, warum ich schrie. Er war sehr zornig. Bis heute habe ich eine Abneigung gegen den Geruch von Erde.

Meine Frau bleibt dabei, Mrs. Mean sei eine makellose Hausfrau, und ihr Heim sei immer kühl und trocken und durchlüftet. Sie sieht sehr wahrscheinlich richtig, soweit es um die äußere Erscheinung geht, aber meine Beschreibung ist emotional richtig, metaphysisch zutreffend. Meine Frau schloß auch manchmal Freundschaften, um, so sagt sie, es genau herauszufinden; aber das muß verhindert werden. Es würde meine Transzendenz zerstören. Es würde mich tödlich der Illusion überführen.

Ja. Das Innere des Meanschen Hauses ist in meinem Verstand klar und fürchterlich wie ein Alptraum, den niemand gern freiwillig beträte. Es mag fünf Zimmer groß sein. Es können nicht mehr sein. Und in diese höchstens fünf Zimmer sind die sechs Means gepfercht, zusammen mit der Maschinerie, die sie am Leben erhält, mit den Lappalien, die sie kauft, den hellblauen Porzellanpferden, die auf den Fenstersimsen trotten, und einigem Kinderspielzeug, denn an Spielzeug fehlt es ihnen nicht, wenigstens nicht an solchem mit einem Sattel. Sie haben ein Tretauto, ein kleines Dreirad, ein großes Dreirad, eins, das einen Wagen hinten angeschweißt hat, und ein Gehsteig- und Kinderfahrrad, womit das älteste Kind der Means Blumen, Leute, Katzen und Hunde überfährt. Diesmal muß ich ihrem Geschmack beipflichten. Sie haben ihren Kindern keine Fahrräder mit großen überhängenden Aufbauten aus Blech und Farbe – wie Raketen, Flugzeuge, Pferde, Schwäne oder Unterseeboote – gekauft. Sie haben in diesen Dingen ein Auge für das Praktische, Haltbare. Ich erinnere mich gern an mein eigenes Dreirad, das damals, so schien es, enormer Geschwindigkeit fähig war, und da es nicht mit gekaufter Phantasie ausstaffiert war, konnte es ein Pegasus sein, wenn ich wollte, und das war es.

Es gibt – imaginär – real – keinen Pegasus im Hause der Means. Es gibt Vater, der zwischen den Couches wabert, weiß wie eine Tierart, die lange in Höhlen lebte, still wie ein Unkraut, sein runder Mund arbeitet, seine Augen zucken, seine fetten Finger verdrehen einen Knopf an seinem Ärmel.

Purpurrote Frottiertücher hängen im Badezimmer. Ich habe sie nebeneinander aufgehängt gesehen. Sie haben einige bunte Laken – eins lavendelfarben, eins rosa, eins weinfarben – und ein paar helle gewebte Tellerunterlagen, die man eine Straße weiter im Wohnzimmer eines Hauses kaufen kann, dort, wo zwischen Süßigkeiten und Kaffeewärmern und Essigfrüchten in Steinkrügen religiöse Artikel verkauft werden. Die beiden Damen, die sie fabrizieren, sind ebenfalls ungeheuer fett und ungeheuer fromm. Zusätzlich verkaufen sie Plakate, welche düster, aber, so schätze ich, mit einem Anflug von trotzigem Triumph die Ankunft des Herrn und die kommende Zerstörung der Welt verkünden. Im Fenster ihres Eßzimmers habe ich ein schönes entdeckt, das mit scharlachroten Buchstaben einfach »Armageddon« sagt, wie eine historische Gedenktafel. Die

Erwartung ist geschmackvoll mit einem dunklen Bord von Kreuzen und kleinen Totenköpfen umrahmt. Mr. Mean trug eins ihrer Plakate nach Hause und heftete es an das Tor des kleinen Schuppens, wo er sein Auto unterstellt. In Silberschrift, die von dem schwarzen Karton glitzert, warnt es vor »Ewigkeit schon morgen«, und es hat ihn sicher anderthalb Dollar gekostet. Wenigstens ich fasse es als Warnung auf. Meine Frau sagt, es erinnere ihn daran, vorsichtig zu fahren. Man sieht, wie leicht und gefährlich meine Frau getäuscht werden kann. Allerdings ist es für die Means keine Warnung, sondern eine Hoffnung, ein Versprechen auf Belohnung; und es sagt zweifellos ganz deutlich und armselig etwas über mein Schicksal aus, daß ich seine Botschaft so pessimistisch betrachte.

Die Means sind Calvinisten, da bin ich sicher. Sie mögen sich des Himmels nicht sicher sein, aber die Hölle ist real. Sie müssen ihre Hitze an den Füßen fühlen und spüren, wie das Land bebt. Ihre Gemeinheit muß von diesem großen Sinn für Schuld herrühren, der so bereitwillig ein Sinn für die Sünden anderer wird und alles vergiftet. Es gibt kein Vergnügen. Es gibt nur die biologische Eigenschaft des Penis. In einer anderen, direkteren Epoche hätten sie ihren Kindern aus »Struwwelpeter« vorgelesen, dem Bilderbuch der Tugendhaften, wo die Belohnung für moralische Schwäche, wovon es ein illustrierter Katalog war, aus einem abgetrennten Glied, dem Verlust von Zähnen und des Sehsinnes, der Aussicht auf einen blutigen und verkrüppelnden Unfall, auf ein schmerzhaftes und bösartiges Leiden oder Anfälle von Verrücktheit bestand – diese ganzen Katastrophen sodann von einer weisen und gütigen Voraussicht maßgeschneidert, so daß sie genau aufs

Verbrechen paßten. Auch erinnere ich mich ganz genau an ein Gedicht unserer puritanischen Vorfahren, in eher angestrengten Jamben, von einem Kind namens Harry, pervers bis zum Herzen, das gegen den Willen seines Vaters angeln ging, zweifellos dazu an einem Sonntag und mit teuflischem Vergnügen.

> Viele kleine Fisch er fing
> Was beim Anschaun ihm gefiel
> Sah zappeln sie in Agonie
> Und kämpfen an dem Haken.
>
> Zuletzt als er genug erwischt
> Und auch nun müde war
> Eilt er nach Haus, um alle dort
> zu legen aufs Regal.
>
> Als er fürn Teller höher sprang
> um seine Fisch hineinzutun
> ein großer Fleischerhaken dabei hing
> erfaßte ihn am Kinn.
>
> Zappelt der arme Harry, ruft
> und schrie und brüllt und stöhnte
> Aus seinen Wunden hellrot Blut
> in fürchterlichen Bächen strömte.

Das Muster der Bestrafung beruht hier auf dem Prinzip eines vergleichbaren Auges für ein vergleichbares Auge, aber ich bin mir sicher, daß, während die Meanschen Kinder ihre moralische Seelenwanderung in Ameisen (eine

Dampfwalze hat sie flachgequetscht) oder Schmetterlinge (ihre Arme fallen ab) fürchten könnten, auch alle Ameisen und Schmetterlinge ebenso die totale Kreuzung mit ihnen fürchten würden. Ein Schmetterling, so denke ich, stürbe lieber mit etlicher Geschwindigkeit und einer gewissen Schönheit an weggebrannten Flügeln, als daß er zerrieben, gezwickt und herumgestoßen würde und dabei noch vor der Flugfähigkeit das Begehren und vor dem Begehren die Ausdruckskraft seiner Gesamterscheinung verlöre.

Ich sähe es gern, wenn das Schicksal sich auf die Seite des Löwenzahns schlüge. Zahn um Zahn würde mir sehr passen.

Aber natürlich haben alle Means bereits eine Metamorphose durchlaufen. Sie sind von Fliegen belagerte Bären in einem ärmlichen Zoo, können nur sich gegenseitig oder einen toten Baumstamm in die Klauen nehmen und nur sich gegenseitig, ihre Fliegen und den nackten, heißen, mit Erdnüssen übersäten Boden hassen.

4

Mr. Wallace hat eine gewisse Stärke gezeigt. Ich hatte geglaubt, er hätte sein Teil abbekommen, aber er ist zu den Means übergelaufen. An kühleren Abenden versammeln sie sich jetzt auf der Vorderveranda der Means, die Damen und Herren, stecken die Köpfe zusammen. Schreie und Lachsalven, Schnauben und Röhren wie von Ochsen dringen aus den Schatten der Veranda, wie aus schattigen Bäumen bei einer suhligen Flußbank. Es ist eine Kombination, die mir, wie ich zugeben muß, nicht eingefallen war, obgleich ich mir manchmal vorstelle, ich sei ein Meister des äußerlichen Zufalls. Das war eine Seite von *ihr*, wovon ich keine Notiz genommen hatte. Nach ihren Drehungen im Gras, ihrem Eilen, Sichumdrehen und dem brüllenden Fluchen vergaß ich ihre geologische Tiefe, die Ader von Gemeinheit tief in ihrer Erde. Ich vergaß, gegen das mechanische Flackern der Erscheinung die eisige Bewegung der Realität zu setzen.

Ich habe sie zusammengetrieben ... ein unerfreuliches Ende eines so erfreulichen Anfangs.

Mr. Wallace war schon vorher draußen, wie ich gesagt habe; gigantisch in der Landschaft, das Leben einschluckend. In ihm gab es keine Ehrfurcht vor meinen Mysterien, nur vor seinen eigenen: Zeichen, Omina, Drohungen, Schreckensankündigungen und Symbole, deren Bedeutung zu kennen nur er begierig war. Mr. Wallace war der größte Liebhaber von Prophezeiungen, aber es kam mir in den Sinn, als der Junge Toll vor ihm über den Weg huschte, daß es ein eher symbolischer als wirklicher Stein war, der Goliaths Augen das Licht auslöschte. Wegen einer Prophezeiung floh Jonas vor dem Herrn. Wegen Jonas' Flucht erhob sich der Sturm, und wegen des Sturms wurde Jonas zwischen die Kiefer des Wals geschleudert. Das Geheimnis bestand sodann darin, richtig hinuntergeschluckt zu werden und, während er hinunterglitt, die Öle zum Fließen zu bringen, so daß sich die Membranen des Magens zusammenzogen. Was muß dieser Wal gefühlt haben, als sein riesiger kavernöser Schlund von Gebeten und Bitten widerhallte! Wäre Mr. Wallace ein Hund, würde er dann sein eigenes Erbrochenes essen? Ich nahm an, ich würde in kurzem auf festes Land ausgespuckt werden. Von daher würde das Geheimnis mir gehören, wie es Jonas gehörte. Der Köder zu sein, die Harpune mit sich nach unten zu nehmen und sie in diesen runden und nie zuvor geschüttelten Magen hineinzustoßen, und dann zu fliehen – das wäre der Trick. Und die Prophezeiung würde genau das tun.

Wie ich in die Vorstellung verliebt war! Den ganzen Tag spazierte ich ganz leicht umher. Mr. Wallace zwang mich durch sein fast unverzügliches Erscheinen zu einer genauen Kenntnisnahme seiner Schmerzen, zu einer Diskussion über das Wetter um Mitternacht und dazu, mich sicher, über absolut vorhersagbare Rucke, auf das Thema zuzubewegen. Ich war auf einer weiten trockenen Ebene. In der Entfernung erhoben sich rote Felsen. Hinter mir und vor mir waren riesige Menschenmengen zu Haufen unter derselben Fahne zusammengerottet – und murmelten. Das Sonnenlicht blitzte von Schilden und Speeren. Ich blinzelte den Giganten an. Seine Gestalt schwankte. Ich fühlte sowohl das Feuchte wie das Trockene. Vielleicht hatten die alten griechischen Philosophen mit der Verbindung dieser beiden Elemente recht. Staub legte sich auf meine schlurfenden Füße. Schaum bildete sich auf des Giganten Gesicht. Es ist erstaunlich, wie die Gefühle der universellen Fabeln sich manchmal in einer einzigen brennenden Vision konzentrieren. Natürlich ist diese Konzentration des Blicks immer meine spezielle Begabung gewesen.

Ich wartete. Meine Knöchel schmerzten. Ich sagte, ein Muttermal tue mir weh. Ein schlechtes Zeichen, sagte Mr. Wallace, und ich sah, wie der Gedanke an Krebs in seinem Ohr lag. Male sind spezielle Zeichen, sagte er. Ich sagte, mir sei bewußt, was sie seien, aber die Orte meiner eigenen, wo sie lägen, seien sehr glückbringend, und ich erriete daraus für mich ein langes Leben. Muttermale reichen tief, sagte ich. Sie fräsen einen Tunnel zum Herzen. Mr. Wallace grinste und wünschte mir alles Gute und wandte sich mit großer Anstrengung ab. Es war ein guter Anfang. Verwunderung und Angst regten sich allmählich in ihm und verzerrten sein Gesicht. Als er wiederkam, dachte er laut über Muttermale nach, und ich hielt lange Reden über sie: Gründe, subkutane Bedingungen, kosmische Parallelen, Beziehungen zu Göttlichkeit. In ihm herrschte ein Fieber, Tau auf seiner Lippe, Lodern in seinem Auge. Muttermale. Jeden Tag. Zum Schluß verwandte er keine Kunst mehr darauf, das Thema aufzubringen. Ich sprach von Kains Mal. Ich erwähnte die Mißbildungen des Teufels. Ich sprach von Kröten und Warzen. Ich diskutierte den Lageort von körperlichen Makeln und das Ordnen der Sterne. Stigmata. Die Welt der Luft ist wie die Haut, und Zeichen außerhalb ihrer sind nur Symbole der inneren Welt. Ich bezog mich auf Schönheitsmale, solche des Geizes, der List, der Völlerei und Lust, auf solche, die bei Berührung Wasser in die Augen jagten, die Ohren zum Jucken, den Schwanz zum Stehen und die scheueste Jungfrau zum Blühen brachten. Meine Phantasie flog hoch. Ich verband Male und Landkarten, Male und Berge, Male und die Elemente in der Erde. Ja, es wurde wunderbar angerichtet! Wie er wankte und sich die Lippen netzte wie ein alter Roué, und wie er zitterte und überall nur Angst sah! Ich war überall ganz genau und detailliert. *Dies* mag mit *dem* zu tun haben. Die Rückgratgegend ist wie die der Polarachse. Aber immerzu war ich auch unbestimmt und vage. Ein gewisses hornförmiges Mal an einer bestimmten Stelle kann eine gewisse geistige Bösartigkeit bedeuten. Ich unterrichtete ihn über alles und doch über nichts. Ich lenkte seinen Blick vom Himmel zur Hölle und entlockte ihm die naivste Reaktion auf Seligkeit, daraufhin, als unser Standpunkt sich nicht halten ließ, folgte zuerst eine kindliche Enttäuschung, dann eine kindliche Angst. Sein Stock klapperte zitternd auf das Straßenpflaster. Ich hatte ihn im Griff. Ununterbrochen dem Sterben so nah zu sein; in sich selber die Chemie des Todes zu spüren; im Spiegel, Tag für Tag, den eigenen Totenschädel erscheinen zu sehen; beim Spazieren und bei der Furcht vor der Sonne zu verfaulen; die Falten des eigenen, lose werdenden Fleisches hochzuheben wie ein beschädigtes Kleid; nicht nur über die Definition des Logikers oder die Zählung des Statistikers zu wissen, daß die Menschen sterblich sind, sondern durch den schwachen Pulsschlag des eigenen Blutes – dies so sicher und so direkt und so unmittelbar zu wissen, wäre, so dachte ich, eine Last, welche, sollte ein Mann unter ihr nicht zusammenbrechen, die Stütze einer selbsttäuscherischen Hoffnung benötigen würde, so stark und beruhigend, wie es die Wahrheit nicht wäre: eine unersättliche, blasphemische, magische Hoffnung darauf, daß der letzte Seufzer, wenn er käme, ewig währen würde, das Röcheln des Todes eine Ewigkeit.

Auf diesem Körper gab es Muttermale, das wußte ich sicher. Und er würde ihre Bedeutung wissen wollen. Es würde keine Rolle spielen, wenn er ihrer Existenz schon früher als ich Sinn und Ordnung zugewiesen hätte; diese Dinge machen jede Gewißheit zuschanden. Er würde es wissen wollen. Er würde es wissen müssen. Und er würde sich vor dem Wissen fürchten. Und wenn ich sagte: Dies ist das Mal des allerschmerzhaftesten Todes? Aber was, wenn ich sagte: Dies ist das Mal des ewig dauernden sterblichen Lebens? Was, wenn ein Wunder geschähe? Was?

Ich wartete. Immer wieder kam er und biß vorsichtig am Köder herum. Aufregung, Kummer, Erwartung, tiefste Gedanken durchfuhren ihn wie Winde. Endlich schnitt ich das tödliche Thema an. Mr. Wallace bleckte die Zähne, und seine Augen suchten in den Bäumen herum. Sein Stock klapperte. Er gab zu, seine Frau habe ein Muttermal oder zwei. Ach, sagte ich, wo liegen sie? Mr. Wallace schnaubte durch die Nase und verabschiedete sich. Noch nicht. Der Schurke bot zuerst seine Frau an. Er wollte einen ungestraften Einstieg, einen ungefährlichen Vorgeschmack auf die Neuigkeiten. Ja, den würde ich ihm reichlich liefern. Ich sorgte mich bloß, daß die verrunzelte Hexe Muttermale auf ihren Genitalien haben könnte – die Scham würde das Gespräch verstummen lassen. Ein solches Zeichen, wenn ich mich denn dazu äußern dürfte, würde ich als vollkommen und umfassend glückbringend beschreiben.

Wieder und wieder kam er, bis ich von dem Ölgeruch und dem Geräusch des Wassers so genug hatte, daß ich ihm die Frage kühn hinwarf. Jedesmal wies er sie schweigend zurück. Wieder und wieder kam er. Ich hatte keinen Mut mehr. Ich fürchtete sein Kommen. Ich zögerte beim Betreten meines Gartens. Und dann sagte er, es gebe Muttermale auf ihrem Körper, auf ihrem Schenkel. Der Schenkel, rief ich aus, Heim der Schönheit. Auf dem linken oder rechten? Dem linken. Dem linken! Die augenblicklichen Fragen wären befriedigt. Sitzen sie unten oder oben darauf? Oben? Nahe bei der Hüfte. Die Hüfte! Wunderbar!

Und gab es zwei? Zwei. Zwei! Und die Farbe: Braun? Rot? Schwarz? Gelb. Gelb! Welch ein Wunder! Und was für Haar wuchs da? Die Farbe des Haars, das da wuchs? Sicher gab es da Haar. Mußte es doch. Mein Freund, Sie müssen nochmals nachschauen. Nochmals schauen. Nochmals. Bestimmen Sie es ganz genau.

So tauchte er mit dem Köder ab. Er zappelte vom Hals bis zum Schwanz am Haken.

Auch jetzt noch wage ich in Gedanken nicht auf dieses Paar zu sehen, wie es sich unter die hochgehobenen Hemden schaut. Wie infernalisch lüstern! Wie majestätisch ekelhaft! Sie würde ihn fragen, ob er welche sehe. Er würde zögern, merkte eher als sie, wie wichtig es wäre, ja zu sagen und doch keine klare, sichere Begründung für eine Bejahung zu finden. Er befeuchtet seinen Finger und führt ihn an die Stelle. Vielleicht eine hellere Lampe. Vielleicht, wenn sie ihr Kleid auszöge. Kummervoll betrachtet sie ihn. Was heißt das alles? Können sie mit Sicherheit sagen, dort wachse Haar; dort wachse kein Haar? Sie ist überzeugt, daß nein, aber er hält sie zurück. Es gibt einen Zweifel. Da muß es einen Zweifel geben.

Oder er hat ihr das Wesentliche unserer Gespräche verheimlicht. Er spioniert ihre Muttermale aus, kriecht ihr unter die Kleider, in ihr Bad, oder er erinnert sich an freundlichere Tage, als er noch ganz und sie glatt und sauber war und als es Fleisch zu beider Ruhme gab. Dann lagen diese Male gelb auf ihrer Hüfte, vielleicht wie Perlen, die zum Küssen einladen. Nein. Ich sehe den befeuchteten Finger, das hochrutschende Hemd, das untersuchende Stirnrunzeln. Ich sehe es klar, hell vor Farbe, mehrdimensional vor Schatten. Zwischen ihnen gibt es irgendwie ein Band, das größer ist als Tröstung. Sie ist eine Krankenschwester. Sie ist eine Ehefrau. Aber was im Ernst noch? Gab es eine Zeit, da dieser Finger ihre Hüfte in Liebe berührte? Ich denke daran und erschauere. Der Verstand spielt seltsame Spiele. Nein. Keine Jugend für sie. Sie sind immer alt gewesen. Berührt sie dieser Finger jetzt mit Zärtlichkeit, oder ist es, wie ich mir eher vorstelle, wie die Berührung eines trockenen Stockes?

Es gab eine Zeit, da umfaßte auch meine Hand Hitze, und ihre Berührung hinterließ eine Brandwunde unter der Haut, und ich suchte Schönheit wie eine Biene ihre Königin; aber es war eine hohe Flugbahn für einen alten Tyrannen und keinerlei Flügel wert. Zweifellos hat es liebliche und tapfere und ausgelassene Zeiten zwischen ihnen gegeben. Es mag auch jetzt liebliche Zeiten geben. Solche Zeiten liegen jenseits meiner Vorstellungen. Ich weiß nur, daß das umfassend Böse so hell ist wie das vollkommen Gute und auch so schön aussieht; denn in Höhlen lebende Tiere werden durch die Finsternis gebleicht und strahlen in ihrer Umgebung so, wie es die gute Seele in der ihren tut, ein Albino wie die Sterne. Schönheit aber, und irgendeine ihrer strahlenden Verwandten, ist Mr. Wallace, seiner Frau und den Means fremd. Wirkliche Bösartigkeit ist selten. Sicher liegt sie nicht im geschmacklosen Mord an Millionen, auch an Juden. Sie liegt eher auf der bleichen Braue jedes Retters, der, um uns alle vor dem Tod zu retten, zuerst tötet. Und doch riecht man das rauchende Fleisch der Juden, die brennenden Sehnen der Körper, und es ist schwer, die Seele durch dieses steife, widerspenstige Holz wahrzunehmen, denke ich, ebenso hart, wie es für mich ist, im Hause der Means eine helle Glühbirne aufleuchten zu lassen oder zwischen den Schiffborden des Gatten Wallace und seiner Frau das Bedürfnis und das Vergnügen von Liebenden einzurichten.

Obschon ich, wie es sich herausstellte, unfähig war, Mr. Wallace zu erwischen, der sich zäh an seinen Geheimnissen festklammerte, war mein Triumph vollkommen. Ich zerbrach das schwächere Gefäß. Ich hörte seinen Stock über die Eingangstür streichen, und rasch lief ich aus meinem Arbeitszimmer, um ihn am Eintreten zu hindern. Allerdings kam mir meine Frau zuvor, und Mr. Wallace stand schon im Wohnzimmer, als ich es betrat, er sank auf den Klavierstuhl, sein Gesicht alarmierend rot und seine Augen den Schatten zublinzelnd. Er füllte den Raum mit seinen heiseren Gastfreundlichkeiten. Ich behandelte meine Frau brüsk. Ich hatte gehofft, ihn auf der Veranda festzuhalten. Ich hatte von Heiligen gelesen, die die eiternden Wunden von Bettlern küßten, und ich hatte das religiöse Verdienst daraus immer bezweifelt, aber vor Mr. Wallace stehend, konnte ich nur staunen, daß dieser Vorgang je geschehen war. Schließlich hieß ich meine Frau gehen, und Mr. Wallace zupfte an der Krempe seines Strohhuts und stammelte in einem Schrei seine Verwirrung heraus. Er schüttelte sich vor Angst, der Arme. Ich lachte. Ich klärte alles auf. Muttermale sind natürlich, sagte ich, Geburtszufälle. In ihrer Position gibt es nicht mehr zu sehen als in der Ordnung der Sterne. Die alten griechischen Philosophen haben sich zum größten Teil deutlich zum Thema geäußert. Vielleicht war Pythagoras nicht ganz so klar, wie man es sich wünschen könnte, während Sokrates von Geburt an in sich eine warnende Stimme fühlte, und Plato gelegentlich einem Benehmen huldigte, das, nun, schwerlich mit seiner Liebe zur Mathematik zusammenging; aber Aristoteles blieb fest und anerkannte die Kraft der Prophezeiung nicht allgemein. Die christliche Kirche, offen gestanden, betrachtet diese Dinge als satanisch, obschon es Vorfälle gab, die auf ihrer Oberfläche erscheinen wie ... von Natur aus näher bei – was soll ich sagen? – der Epiphanie einer okkulten Welt: Nagellöcher in den Füßen und Händen sogar von kleinen Jungen, Visionen der Jungfrau, Stimmen, Ergriffenheiten, Mitgerissenheiten, Ekstasen, dann die durch die Knochen Heiliger gewirkten Wunder, das Holz des wahren Kreuzes, Stoff des heiligen Mantels, Blut, Exkremente, und so weiter ... Wunden in der Flanke, aus welchen kühles Wasser fließt, so rein wie die reinste Quelle. Und doch... und doch... die Kirche ist streng. Auch die Juden sind eine hartköpfige Gesellschaft. Da gibt es natürlich die Kabbala, das magische Buch. Und dennoch läßt Jahwe keinen Zweifel. Und so wissen wir, daß die Teekräuter sich zu unserem Vergnügen arrangieren, während die warmen Innereien von Geflügel nur den Primitiven Vorhersagen erlauben. Hat nicht vor Philippi Caesars Geist ...? Und doch ... alle Omina sind Einbildung. Wir sollten lachen, wenn wir eine Katastrophe herauslesen. Im Mittelalter gab es eine Geschichte von einem Strom quellfrischen Wassers, so süß und rein, daß es, auf der Zunge, den Geist beredt und den Kopf vor Dankbarkeit schwindlig machte. Aber als die Menschen seinem Lauf bis zum Ursprung folgten, fanden sie, daß es aus den verfaulenden Kiefern eines toten Hundes quoll. Von da an sprachen die Gläubigen davon, wie es denn möglich sei, daß von einer fauligen, korrupten und bösen Welt eines Tages das Reine und das Ganze und das Gute fließen würden. Mr. Wallace dankte mir und versuchte aufzustehen. Er gab mir ein Zeichen, und ich trat näher, und eine kräftige Hand ergriff meinen Oberarm und zog daran. Das Ungeheuer erhob sich, und bitter brach sein Mund auf. Auf Wiedersehen.

Endlich. Aber Mr. Wallace kann nicht flüstern. Die Wände widerhallten von ihm. Was dachte sie sich, als sie es hörte? Wird sie sich wieder höflich ducken? Sie kam einige Minuten später mit Tee und heuchelte Erstaunen darüber, daß er schon weg sei. Ich mußte sie anstarren, bis ihr die Tasse zitterte. Dann stieg ich die Treppe hoch in mein Zimmer.

Nachdem alles gut angefangen und auch gut geendet zu haben schien, gingen die Wallaces zu den Means. Vielleicht lesen die Means Muttermale besser als ich. Besser: vielleicht wissen sie nicht, was Muttermale bedeuten können.

Zu den Häusern hier führen von Bäumen gesäumte Wege. An ihnen münden Garageneinfahrten. Die Ascheeimer sind so randvoll, daß sie überquellen, und der Boden riecht nach Öl. Die Wallaces haben sich die Verandenstufen zu den Means hinaufgeholfen, und der Tag neigt sich, als ich an den Rückseiten der Häuser entlang meinen Gang über die pflanzengesäumten Wege beginne. Das Haus der Liebe ist das erste. Die Rolläden sind heruntergelassen. Wer weiß, wann die Leidenschaft aus ihren Kleidern zu springen sich entschließt? Ich höre, wie sich die Wallaces auf der Veranda bewegen – das Rutschen eines Stuhls. Ewigkeit schon morgen. Dies ist innen an die Tür geheftet. Die Buchstaben gähnen dem Licht entgegen. Ihr Auto ist woanders geparkt, aber ich widerstehe der Versuchung, hineinzugehen. Ritzen in den Wänden werfen ein Lichtnetz auf den Fußboden.

Bierdosen glänzen. Ein Wägelchen hängt unsicher an seiner Deichsel an der Wand. Ich stehe am Eingang und habe dabei Angst, so, wie ein Kind von der kalten Luft geängstigt wird, die aus einem Keller strömt und so die Erregung seiner Entdeckung dämpft. Seit ich jung war, habe ich die Fremdheit von durch andere benützten Örtlichkeiten nicht mehr so gespürt. Ich hatte diese Empfindung und ihre Kraft vergessen – elektrisch bis in die Nervenenden. Die veröhlte Asche, die kühle Luft, das violette Licht, das verfallene und zersplitterte Holz, die Buchstaben mit den Prophezeiungen – sie alle pressen mich seltsam vorwärts. Mrs. Wallace johlt. Ich gehe weiter. Der Weg sieht lebensleer aus, wie eine Straße der Träume auf einem Bild. Ich bin ein Totenbeschwörer, der eine Laterne trägt. Die Lampe ist angezündet, aber sie gibt kein Licht. Meine Schritte sind unnatürlich laut, und ich sage mir, ich sei in den Bann meines eigenen Zaubers geschlagen worden. Kurz klirrt Blech. Dann höre ich Mrs. Cramms Stimme. Ihre tugendhaften Schuhe zeigen sich unter der teilweise geöffneten Türe ihrer Garage. Sie benützt sie als Lagerraum, denn sie hat kein Auto. Neben ihren Schuhen steht ein zweites Paar – das eines Kindes. Das Kind kichert, und ihm wird Schweigen befohlen. Auf meinem Weg bin ich laut gewesen, aber sie haben mich nicht gehört. Jetzt, stockstill, wage ich nicht mehr, mich zu bewegen. Die Tür schwingt zu, und ich weiche in Panik zurück. Ich springe in die Garage der Means. Die Türe geht nicht zu, und Mrs. Cramm bleibt mit dem Kind dahinter verdeckt, sie sprechen leise miteinander. Endlich fangen die Füße an sich zu bewegen, und ich ducke mich tief in die Dunkelheit der Means hinunter. Ich fühle, daß ich ein Narr bin. Schritte nähern sich rasch. Leichte Schritte. Welch ein Narr. Sie kommen herein. Unter dem Tor ein Kind, ich denke ein Junge – Tim oder Ames. Ich kauere in der Dunkelheit neben einem Reifen, decke mir die Augen zu, als könne er mich mit ihnen sehen. Narr. Weshalb? Weshalb habe ich das getan? Warum verberge ich mich hier wie ein Dieb? Die Füße des Kindes gehen an mir vorbei, und ich höre ein lautes Klirren. Dann kommt es wieder vom Hintergrund des Schuppens, geht hinaus, und seine Füße verschwinden auf Gras. Mein Mut kehrt wieder, und ich gehe dem nach, was meine Ohren da hinten im Schuppen hörten, aber ich kann nicht finden, was es da hinten abgestellt hat. Ich schürfe mir an einem Fahrrad das Schienbein auf. Wieder auf dem Weg, stecke ich die Hände in die Taschen. Der Durchgang ist leer. Es gibt fast kein Licht mehr. Mir wird klar, daß ich die Festung aufgesprengt habe, aber dadurch habe ich alles Gefühl für die Means verloren und nur mich selber gefühlt, war in Angst, habe mich vor einem Kind versteckt. Aus einem Spalt in Mrs. Cramms Garage schießt eine Katze und verschwindet geräuschlos in der Dunkelheit. Mir brennt der Magen. Ich gehe weiter, bis ich zum kleinen Rasen komme, und stehe bei den Sumpfzypressen und dem Hartriegel. Da sehe ich sie dann, einen dünnen grauen Nebel neben einem Baumstamm, und ich stehe ebenso dumpf und dumm da, während die Abenddämmerung fortschreitet. Es stimmt, ich bin nicht ich selber. Dies ist nicht die Welt. Ich bin zu weit gegangen. Auf diese Weise beginnen Märchen – mit einem plötzlichen Ausrutschen über den Rand der Realität hinaus. Die Straßenbeleuchtung flackert auf Mrs. Cramm. Sie hat die eigenen Arme um sich geschlungen. Sie beobachtet die Vorderveranda der

Means, von dort her höre ich ein Wiehern. Ohne daß ich weiß warum, denke ich an Hänsel und Gretel. Die waren wirklich, und sie gingen in einem wirklichen Wald spazieren, aber sie gingen zu weit hinein, und plötzlich war der Wald ein Wald der Erzählung mit dem allerhübschesten kleinen Lebkuchenhäuschen darin. In die Dunkelheit mit den schmalen Streifen fällt ein Lichtschein. Aus den Augenwinkeln sehe ich, daß die Hintertür des Meanschen Hauses geschlossen wird. Mrs. Cramm ist ganz starr – grau und grotesk wie primitiv gehauener Stein. Ich trete weiter zurück. Ich verheddere mich in Lichtstreifen. Ich krieche zwischen Garagen durch. Meine Füße gleiten auf leeren Dosen aus. Narr Narr Narr. Ich versuche mir darüber klarzuwerden, was ich eigentlich tue. Eines Tages ging Jakob in die Stadt, um eine Kuh zu kaufen, und kam mit einer Handvoll Bohnen heim. Ich rutsche aus. Es entsteht ein ozeanisches Brüllen wie das Brüllen einer Menschenmenge. Bin ich vor dem Giganten zu Boden gegangen? Mrs. Cramm ist plötzlich weg, und ich schleiche mich nach Hause.

Es war eine Erfahrung, von der ich mich noch nicht erholt habe. Jeden Abend gehe ich dorthin zurück und stehe bei der Sumpfzypresse hinter Mrs. Cramms Garten. Ich sehe sie nie, aber ich weiß, daß sie an den Abenden, an denen die Wallaces zu den Means auf Besuch gehen, mit den Kindern redet. Ich bin wie dichter Nebel zwischen den Garagen gelegen und habe nur Flüstern gehört – unbestimmtes, quälendes Gemurmel. Jeden Abend hoffe ich, die Straßenbeleuchtung möge sie wieder überraschen. Ich weiß, wo jeder Strahl hinfallen wird. Ich meine, ich habe sie auf dem Rücksitz des Meanschen Autos gesehen, manchmal, wenn es im Schuppen abgestellt wird – ein blanker Fleck Steingrau. Schleicht Ames manchmal hinaus, um sie zu treffen? Als ich neulich am Ende des Durchgangs umherschlenderte und einen letzten Blick rundherum warf, da fühlte ich, daß ich meine ganzen Anfänge und Enden durcheinandergebracht hatte, daß die Zukunft vorbei war und daß die Vergangenheit gerade angefangen hatte. Ich warte mit zunehmender Erregung auf jeden neuen Abend. Mir dreht und kehrt sich der Magen. Ich fühle einen furchtbaren und rücksichtslosen Zwang, mir einen Eintritt in ihre Leben zu erzwingen, in die Leben aller; sogar, und das ist absurd, in den Feinaufbau ihres Tages einzudringen, mit meinen Augen ihrer Luft den Sonnenschein zu geben, in ihrem Puls zu schlagen und ihr ganzes Gefühl zu teilen; die Kleider zu sein, die ihnen auf der Haut liegen, mich mit ihnen zu bewegen, ihre Körpergerüche aufzunehmen. Ja, ich weiß, der Gedanke daran ist grauenhaft, aber mir ist es egal. Daß ihre Wut mich im Inneren verätzt und verbrennt, daß diese tierische Lust in mir angesichts ihrer schlaffen fallenden Brüste hochsteigt, daß sein und ihr Fleisch sich in meinem treffen oder Mr. Wallaces Schwären mir die Haut aufbrechen, oder daß der rohe helle Schrei seiner Frau mir aus der Kehle bricht ... ist mir egal ... ist mir egal ... das Begehren ist so stark wie irgendeines, das ich jemals hatte: sehen, fühlen, wissen und besitzen! In meinem Zimmer eingeschlossen, wie ich es jetzt so oft bin, unter den wie Holzaugen auf die andere Seite des Türblatts gerichteten Blicken meiner Frau, so versuche ich meine Gefühle zu zergliedern. Ich lege sie eines neben dem anderen aus wie Glückskarten oder Reisekleider, und wenn ich sie klar vor mir sehe, weiß ich, daß es nur noch Tage dauern kann, bis ich mich durch das hintere Moskitonetz des Meanschen Hauses drücke und drin bin.

Orden der Insekten

Wir hatten an dem Haus sicher nichts zu beklagen, schließlich hatten wir das vorherige mehr als satt gehabt, wir hatten aber noch nicht lange darin gewohnt, als ich jeden Morgen die Leiber von Käfern einer großen schwarzen Art erblickte, die als Flecken auf dem Teppich am Treppenfuß lagen; ganz zufällig, so, wie Würmer nach einem Regen auf der Straße sterben müssen; als ich sie zum ersten Mal erblickte, sahen sie aus wie Knäuel dunkler Wolle oder wie Dreckkrumen von den Schuhen der Kinder, oder manchmal, wenn die Vorhänge zugezogen waren, flößten sie mir wie Tintenflecken oder tiefe Brandspuren Schrecken ein, denn ich war von dem dicken Teppich ganz früh eingeschüchtert worden und war in der ersten Woche mit dem Wunsch darübergelaufen, meine nackten Füße möchten meine Schuhe verschlucken. Die Panzer waren gewöhnlich zerbrochen. Beine und andere Körperteile, die ich nicht identifizieren konnte, lagen verstreut neben ihnen wie abgeblätterter Rost. Gelegentlich fand ich sie auf dem Rücken liegend, ihre geriffelte Unterseite sah orangefarben aus, während neben ihnen Schmierspuren von dunkelbraunem Pulver lagen, die mit dem Staubsauger sorgsam weggesaugt werden mußten. Wir glaubten, unsere Katze habe sie getötet. Nachts war sie damals oft krank – das war für sie ungewöhnlich –, und wir konnten uns keinen anderen Grund denken. So, auf dem Rücken liegend, sahen sie sogar im Tod rührend aus.

Ich konnte mir nicht vorstellen, woher die Käfer gekommen waren. Ich selber bin peinlich genau. Das Haus war sauber, die Geschirrschränke dicht verschlossen und ordentlich, und wir haben nie einen gesehen, der lebte. Das vorherige Haus hatten die flachen braunen struppigen Küchenschaben befallen, alle nur aus Drahtigkeit und Geschwindigkeit bestehend, und *diese* hatten wir ja denn doch gesehen, wie sie, vom Küchenlicht erschreckt, durch die Scheuerleisten und die Bodenritzen hereinsickerten; und in der Speisekammer hatte ich beinahe meine Hand um eine geschlossen, ehe sie floh und ihren Schatten auf das Stärkemehl warf wie ein Bild des Alarms, der meine Hand gepackt hatte.

Tot, auf den Rücken gedreht, waren ihre drei Beinpaare fein hochgezogen und scheu über ihre Mägen gefaltet. Wenn sie liefen, so nehme ich an, wurden ihre Vorderbeine nach vorn gestoßen und dann eingebogen, um den Körper nachzuziehen. Ich frage mich noch immer, ob sie hochsprangen. Mehr als einmal habe ich gesehen, wie unsere Katze eine ihrer Klauen unter eine Flügeldecke schob und einen in die Luft warf, dann kauerte sie ruhig, während das Insekt herunterfiel, tat so, als springe sie nach ihm hoch – aber es war bei Tageslicht; der Käfer war tot; sie war nicht mehr eigentlich interessiert; und sie lief augenblicklich weg. Anstelle ihres Hüpfens steht nur dieses Bild. Sogar wenn ich tatsächlich sähe, wie die beiden hinteren Beinpaare heraussprängen, wie sie es hätten tun müssen, wenn einer hochsprang, so meine ich doch, ich würde das Ergebnis unwirklich und mechanisch finden, einen armseligen Versuch, gemessen an dem plötzlich aufschießenden Halsüberkopfflug, den die Tatze unserer Katze veranstaltete. Ich meine, ich könnte es nachschlagen, aber es ist kein Lehrfach für Frauen ... Käfer.

Zunächst reagierte ich wie erforderlich, beugte mich über sie, fragte mich, was zum Teufel; doch bevor es mir einfiel, zog ich meine Hand zurück, und mich schauderte. Bösartiges, häßliches, gepanzertes Zeug: sie benützten ihre Schatten, um groß auszusehen. Der Apparat saugte sie ein, während ich in eine andere Richtung blickte. Ich erinnere mich an die plötzliche Spannung des Schreckens, die mich ergriff, als ich einen durch den Schlauch rasseln hörte. Ich war natürlich erleichtert, daß sie tot waren, denn ich hätte nie einen töten können, und wenn sie lebend in den Staubbeutel des Staubsaugers geknallt wären, dann, glaube ich, hätte ich die Alpträume wiederbekommen, die ich hatte, als mein Mann gegen die roten Ameisen in der Küche kämpfte. Die ganze Nacht lag ich wach und dachte an die Ameisen, noch lebendig im Bauch des Apparates, und als ich auf den Morgen hin endlich einschlief, befand ich mich selber in dem entsetzlichen elastischen Tunnel der Saugdüse, wo ich sie vor mir hörte: Hunderte Körper, die im Dreck raschelten.

Ich sehe ihre Spezies nie als eine lebendige vor mir, sondern als eine, die ausschließlich aus den Kadavern auf unserem Teppich gebildet ist, alle die neuen Toten werden im Fortgang einer geheimnisvollen Gattungsspur erzeugt – vielleicht durch diesen Staub, in dem sie manchmal liegen –, werden durch die Luft getragen, festigen sich über Nacht und bilden sich spontan, von einem Körper ausgehend zum nächsten, so wie es vor dem Einbruch des wissenschaftlichen Zeitalters die Maden taten. Ich besitze ein einziges Buch über Insekten, ein kleines überholtes Handbuch auf Französisch, das mir ein guter Freund im Scherz gab – wegen meines Gartens, wegen der Eigentümlichkeit der Bildtafeln, dem Spaß, mit dem man in so eleganter Sprache über Würmer lesen konnte –, und mein Käfer sieht sich dort auf seinem Bild, wie er den Stengel einer Orchidee hochklettert. Unter dem Bild steht sein Name: *Periplaneta orientalis L. Ces répugnants insectes ne sont que trop communs dans les cuisines des vieilles habitations des villes, dans les magasins, entrepôts, boulangeries, brasseries, restaurants, dans la cale des navires etc.*, so fängt der Text an. Dennoch sind sie für mich eine neue Erfahrung, und ich glaube, daß ich jetzt dafür dankbar bin.

Das Bild brauchte mir nicht zu zeigen, daß es davon zwei Sorten gab, den erwachsenen und die Nymphe, denn zu der Zeit hatte ich schon die Leichen beider gesehen. Nymphe. Du lieber Himmel, was wir für Namen gebrauchen. Die eine war dunkel, hingekauert, häßlich, schlau. Die andere, schlanker, hatte harte, futteralartige Flügel, die wie eine weitere Schale über ihren Rücken gezogen waren, und man konnte feine verwobene Linien sehen, die wie fossile Gaze um sie gesponnen waren. Die Nymphe war von reicher goldener Farbe, zwischen den Körpersegmenten wurde sie dunkel wie Mahagoni. Beide hatten Beine, die unter einer Lupe wie Rosenstiele aussahen, und die der Nymphe waren bei gutem Licht so durchsichtig, daß man meinte, man sehe ihre Nerven zusammenfließen und wie eine verästelte Ritze bis an die äußerste Spitze jeder Klaue laufen.

Bei Berührung sind ihre Beine in die angezogene Stellung zurückgefallen, und je mehr ich sie anschaue, umso weniger glaube ich meinen Augen. Die Verworfenheit in diesen Käfern ist herrlich. Ich besitze eine Sammlung, die ich jetzt in Schachteln für Schreibmaschinenfarbbänder aufbewahre, und obgleich ihre Körper mit der Zeit austrocknen und ihr inneres Fleisch zerfällt, bleiben ihre äußeren Züge bestehen, so wie sie, glaube ich, im Leben bestanden, eine ägyptische Entschlossenheit, denn ihre Panzerplatten sind stark, und der Tod muß Knochen brechen, um hineinzukommen. Nun die schwere Seele gegangen ist, ist ihre Hülle leicht.

Ich vermute, daß wir, wenn wir mit unseren Knochen so vertraut wären wie mit unserer Haut, Tote nie begraben, sondern sie in ihren Zimmern wie in einem Schrein aufbewahren würden, sie so arrangierten, wie wir sie bei einem Besuch vorfänden; und unsere Feinde, wenn wir ihre Körper von den Schlachtfeldern stehlen könnten, würden so, wie sie starben, ins Museum gestellt werden, der Stahl noch immer beredt in ihren Flanken steckend, ihre Metallhelme schief, die Zehenschützer an ihren Schuhen ungetragen, und Freund und Feind wären so wundersam historisch, daß wir in hundert Jahren die Kiefer noch zur immer selben Rede geöffnet vorfänden und alle Teile, mit denen wir unser Leben verbrachten, so schräggeneigt, wie sie immer waren – Brustkasten, Kragen, Schädel –, noch immer so wiederholungssüchtig, noch immer trotzig, engelsleicht, noch immer unseres Gedenkens, unserer Zuneigung würdig. Was heißt es eigentlich, wenn man sagt, das Leben verlasse sie, nachdem die Katze durch die Flügeldecke hindurchgebissen und das Fleisch innen zerwühlt habe? Zu unserem Unglück, so möchte ich klagen, sind unsere Knochen geheim, kommen erst zum Schluß an die Oberfläche, so müssen wir lieben, was zugrunde geht: die Muskeln und das Wässerige und die Fette.

Zwei Spitzen wie Dolche vom Hinterteil ausgestreckt. Ich vermute, ich werde ihre Funktion nie kennen. Diese Art von Wissen regt mein Interesse nicht an. Zunächst einmal mußte ich meine Augen auf Nahaufnahme einstellen, und wie ich es jetzt sehe, waren die ganze Änderung, der neuerliche Wechsel meines Lebens die Folge davon, daß ich endlich einer Sache überhaupt nahe kam. Es war ein selbstkasteiender Akt, so erinnere ich mich, eine Strafe, die ich mir selber auferlegte für die schlechtgelaunten Worte, die ich meinen Kindern mitten in der Nacht zuschrie. Ich fühlte instinktiv, daß die Insekten ansteckend und ihre eigene Krankheit waren, deshalb hielt ich mir, als ich niederkniete, ein Taschentuch über die untere Hälfte des Gesichtes ... sah nur Grauen ... wandte mich ab, mir war schlecht, ich bedeckte die Augen ... aber für den Rest des Tages suchte mich die schlimmste denkbare Wut heim: unbestimmt, grübelnd, schuldig und beschämt.

Daraufhin kam ich ihnen oft nahe; sagen wir zunächst einmal, um die Unterschiede zu der goldenen Nymphe herauszufinden; fuhr ihnen mit einem gefärbten Nagel, den ich mir lange hatte wachsen lassen, zwischen die Kinnteile, beobachtete die Bewegung der Kiefer, die Stengel der Antennen, den totenschädelförmigen Kopf, die das Abdomen umfahrenden Linien, und fand in der Positur des Panzers, sogar wenn ich ihn mit dem Finger berührte, eine Intensität wie jene in dem Starren von Gauguins Eingeborenenaugen. Die dunklen Panzer glitzerten. Sie sind wunderbar geformt; sogar die Knöpfe der zusammengesetzten Augen zeigen eine geometrische Genauigkeit, die stärker ist als mein früheres Grauen. Es ist nicht möglich, einer solchen Ordnung gegenüber Ekel zu empfinden. Und trotzdem, kam mir wieder in den Sinn, eine Küchenschabe ... und du, eine Frau.

Ich bin nicht länger Herrin meiner Phantasie. Ich vermute, sie kamen aus der Kanalisation oder bei den Gas- und Wasserzählern heraus. Vielleicht wollten sie auf den Teppich losgehen. Auch Grillen ernähren sich, soweit ich unterrichtet bin, von Wolle. Ich blieb jeweils bei meinem Mann liegen ... ganz steif ... und wartete, bis alles im Haus still war, bis er in Schlaf fiel, und dann packte mich jedesmal das Drama ihres Vorbeiziehens und nahm mich so vollkommen gefangen, daß ich, als ich endlich schlief, ohne den leisesten Verlust an Lebendigkeit oder Kontinuität einfach nur von einem Traum in den anderen glitt. Obschon sie nie lebten, kamen sie mit Einstichen daher; ihre Körper bildeten sich aus kleinen Spiralwindungen kupferfarbenen Staubes, den ich in der Dunkelheit am Treppenfuß unmöglich gesehen haben konnte; und sie waren tot und lagen mit dem Bauch nach oben, als sie Gestalt annahmen, genau in diesem Augenblick nämlich sprang unsere Katze, selber in der Dunkelheit unsichtbar, nach vorn und schlug ihre Pfoten über der wahren Seele der Küchenschabe zusammen; eine Seele, so statisch und intensiv, so unsterblich eingerichtet, fühlte ich, während ich abgepanzert in unserem Bett lag, das Innere nach außen gekehrt, meinen Verstand verscheuchend, daß es dieselbe war wie die finstere Seele der Welt selbst – und es war dieses wunderbare und tief erschreckende Gefühl, das mich endlich packte, mich neben meinem Mann steif werden ließ wie ein Pfahl, meinen Träumen sein Gebot aufzwang.

Das Wetter trieb sie herauf, denke ich ... Feuchtigkeit in den Rohrleitungen des Hauses. Der erste, auf den ich stieß, sah aus, als wäre er in Japan fabriziert worden; zerbrochen, ein Bein unter den Körper geknickt wie ein metallener Sattelgurt; Uhrwerk nicht mehr aufgezogen. Er schepperte auch im Hohlraum des Staubsaugerrohrs wie Metall; hell, wie ein Haufen Stecknadeln. Das feine Gerassel ließ mich erschauern. Naja, ich sehe immer vor mir, was ich fürchte. Was immer meine Augen erfassen, wird in ein drohendes Objekt verwandelt: Dreck oder Flecken oder Brandspuren, oder wenn nicht diese, dann Spielzeuge mit unreparierbaren Metallteilen. Keine Ängste, vor denen man sich fürchten müßte. Die gewöhnlichen Ängste des Alltagslebens. Gesunde Ängste. Weibliche, eheliche, mütterliche: die Kinder mögen mit einem Schulterzucken auf den armen krüppeligen Wicht zeigen und mit einer Stimme sprechen, die er hört; die Katze hat wieder Flöhe, sie werden aufs Sofa überspringen; das eigene Gesicht sieht verschmiert aus, es ist wegen der Hitze; brennt die Kochflamme unter den Bohnen? die unerklärliche Krankheit der Waschmaschine kann wieder auftreten, sie rumpelt bei »Spülen« und rasselt bei »Waschen«: Gott, es ist schon elf; wer von euch hat eine Galosche verloren? Also beugte ich mich mitten in den Kümmernissen unseres gewöhnlichen Lebens unschuldig und ungenügend gerüstet über den Käfer, der sich aufgelöst hatte. Ich will mich noch einmal an den Schock erinnern ... Meine Hand wäre mit derselben Geschwindigkeit vor einer Brandstelle geflohen; der Tod oder die Verstümmelung eines beliebigen anderen hätten mich genauso geschwächt; und ich hätte aus einer Reihe von Gründen kalt bleiben können, zum Beispiel weil ich fühlte, wie sich meine eigene mörderische Krankheit in mir bewegte; aber niemand hätte den Ekel erzeugen können, den das halbbeleuchtete Erkennen schuf, eine Reaktion meines ganzen Wesens, die dem Erkennen vorauseilte und mich wie eine Spinne zum Rückzug trieb.

Ich habe gesagt, ich sei unschuldig gewesen. Nun, ich war es nicht. Unschuldig. Mein Gott, die Namen, die wir gebrauchen. Mit was an Lebendigem leben wir überhaupt noch, ohne daß wir es gezähmt haben – Leute wie ich? –, sogar unsere Zimmerpflanzen atmen nur mit unserer Erlaubnis. Immerzu hatte ich Angst vor dem, was es war – etwas Häßliches und Giftiges, Tödliches und Schreckliches –, das einfache Insekt, schlimmer und wilder als Feuer –, und ich würde meine Arme lieber mitten in eine Flamme strecken als in die Dunkelheit eines feuchten und spinnwebüberzogenen Loches. Aber das Auge hört nie auf, sich zu ändern. Wenn ich meine Sammlung jetzt ansehe, so beobachte ich nicht länger Küchenschaben, sondern anmutige Ordnung, Ganzheit und Göttlichkeit ... Mein Taschentuch war dieses Mal unnötig ... Ach du mein Mann, sie sind eine furchtbare Krankheit.

Die finstere Seele der Welt ... ein Ausdruck, über den ich lachen sollte. Die Schale der Schabe machte mich krank. Und mein Mundwerk ist aufgebrochen. Ich liege still, höre hin, aber da ist nichts zu hören. Unsere Katze liegt still. Zwischen ihren Pfoten gehen sie vom Leben zur Unsterblichkeit über.

Bin ich jetzt dankbar, daß mein Schrecken einen anderen Gegenstand hat? Von Zeit zu Zeit denke ich so, aber ich fühle mich, als wäre mir eine Art östliches Geheimnis in Obhut gegeben, einem furchtbaren Gott geweiht, und ich bin voll der Empfindung meiner Wertlosigkeit und des Lehms, woraus mein Gefäß gemacht ist. So seltsam. Die Nähmaschine ist es doch, die die furchtbare Kralle hat. Ich lebe in einem Gestreu von Wohnblocks und Kinderstimmen. Die täglichen Verrichtungen sind meine Uhr, und die Zeit wird jeden zweiten Moment unterbrochen. Ich hatte immer geglaubt, Liebe wisse nichts von Ordnung, und das Leben selber sei Getümmel und Konfusion. Lasset uns hüpfen, lasset uns brüllen! Ich bin gehüpft, und zu meiner Schande habe ich schwer gekämpft. Aber dieser Käfer, den ich in meiner Hand halte und von dem ich weiß, daß er tot ist, er ist schön, und in seinem Entwurf liegt eine grimmige Freude, neben welcher jede andere winzig aussieht, denn seine Freude ist die Freude von Stein, und er lebt in seinem Grab wie ein Löwe.

Ich weiß nicht, was erstaunlicher ist: eine solche Ordnung in einer Schabe oder solche Ideen in einer Frau.

Ich konnte meinen Blickwinkel nicht ändern, so infiziert war er, und mit unerschrockener Leidenschaft nahm ich ihr Studium auf. Ich wählte Spinnen aus und gab ihnen eine Heimstatt; empfing Würmer jeder Art zu Gast; war großzügig zu Baumheuschrecken und Netzflüglern, zu Blattläusen, Ameisen und verschiedenen Maden; hegte und pflegte verschiedene Sorten Käfer; sorgte für Grillen; gab Bienen Schutz; lenkte die Chemikalien meines Mannes weg von den Heuschrecken, Moskitos, Motten und Fliegen. Ich habe Stunden damit zugebracht, zuzusehen, wie Raupen fraßen. Man kann sehen, wie die Blätter, die sie gefressen haben, durch sie hindurchwandern; ihre Körper dünn und schlank elegant, bis das unverwertbare Pflanzenfleisch in vollkommenen Kügelchen aus ihrem rektalen Ende gepreßt wird; denn Raupen sind ein einfacher Abschnitt Gedärms, ein schmucker Stengel aus pressendem Muskel, und ihr ganzes Wesen liegt in der Verdauungsanstrengung. *Le tube digestif des insectes est situé dans le grand axe de la cavité générale du corps ... de la bouche vers l'anus ... Le pharynx ... L'œsophage ... Le jabot ... Le ventricule chylifique ... Le rectum et l'iléon ...* Doch wenn sie kriechen, gehorchen ihre Kurven eleganten Gesetzen.

Meine Kinder sollten von mir, so wie mein Mann, entzückt sein, ich bin, was sie betrifft, äußerst gewissenhaft, aber sie sind ängstlich geworden und wollen nicht mitspähen oder mitsammeln. Mein Steckenpferd hat mir ein Paar schreckliche Augen vermittelt, und manchmal stelle ich mir vor, sie fielen mir aus dem Kopf; und doch schaue ich vielleicht nicht anders, als Galilei schaute, als er im Pendel dessen mitschwingendes Gesetz fand. Dennoch will mein Körper nichts von solchem Wissen wissen. Dessen scharfe Kanten machen ihn müde. Ich kann, auch wenn ich die Blüten unserer Mondwinde aufgehen sehe, das einfache Prinzip des Käfers nicht vergessen. Letztlich ist er eine hingekauerte schwarze Küchenschabe, genau solch ein Käfer, wie er Hausfrauen erschreckt, und er ist nur hergekommen, um gemietete Wolle zu kauen und absurderweise durch die Katze des Mieters und ihre Klauen den Tod zu finden.

Seltsam. Absurd. Ich bin die Frau des Hauses. Die Perspektive, in der ich zittere, ist die Perspektive eines Gottes, und ich fühle mich irgendwie sicher, daß ich, wenn ich mich ihm ganz hingeben könnte und nicht als Frau weitermachte, mein Leben beruhigen, überall Frieden und Ordnung finden könnte; und ich liege bei meinem Mann, und ich berühre seinen Arm und erwäge die Versuchung. Aber ich bin eine Frau. Ich bin eine nichtswürdige Person. Dann will ich heulen, Mein Mann, Mann, ich bin krank, denn ich habe gesehen, was ich gesehen habe. Was sollte er dabei anderes tun, der arme Mann, nachts bei solchem Unsinn aus dem Schlaf auffahrend, als mich blind zu trösten und Traum zu murmeln, kleine Schnecke, nur ein Traum, ein schlechter Traum, so wie ich es bei den Kindern tue. Ich könnte weggehen wie die weise Zikade, die ihre Hülle verläßt, um anderes Unglück zu finden. Ich könnte weggehen und meine Knochen Karten spielen lassen und die Kinder verprügeln ... Friede. Wie kann ich bloß an solche Lächerlichkeiten denken – an Schönheit und Frieden, an die finstere Seele der Welt –, bin ich doch die Frau des Hauses, um den Teppich besorgt, sauber und pünktlich, von Häuserzeilen umgeben.

Eiszapfen

1

In der Nacht war dichter Schnee gefallen, aber am Morgen hatte sich der Himmel aufgehellt, den Frost dadurch bitterer gemacht. Die Sonne, als sie aufging, blendete und begann sofort die Dächer und die Fensterecken, die elektrischen Leitungen und Äste der Bäume abzuschmelzen. Rasch bildeten sich Eiszapfen. Zunächst waren sie dick und undurchsichtig wie gefrorener Matsch, aber später, als sie länger wurden, wurden sie klarer und fingen an zu glitzern wie Stücke aus schwerem Glas. Als Fender aus seinem Haus trat, mußte er sich bücken, mit seinem Arm eine Anzahl wegfegen, so lang waren sie schon, und als er um fünf heimkam, waren es noch mehr – eine Reihe hatte sich über seinem Aussichtsfenster gebildet. Vermehren sich wie Unkraut, dachte er, kickte seitlich mit dem Fuß Splitter von seiner Schwelle. Später saß er in seinem Wohnzimmer und aß einen überbackenen Fleischauflauf aus einer Schüssel auf seinem Schoß und kaute Trockenbiskuits, träge schweifte sein Blick über die Straßen und die Fahrspuren und überflog die unordentlichen Haufen zusammengeschaufelten Schnees. Er war sich unbestimmt bewußt, daß Eis ein Viertel seines Fensters abdeckte und daß es das Licht der Straßenlampen spiegelte, aber er dachte daran, wie schwierig es war, Häuser zu verkaufen, die so verdächtig versteckt waren. Zu dieser Jahreszeit blies der Wind über die Veranden der Häuser, die er vorführte.

Seine Kunden schauderten unweigerlich vor Kälte, bevor er sie eintreten ließ. Er sagte jeweils, heute sei ein Tag, an dem man nicht einmal einen Keller verkaufen könne, und sie nickten auf eine so entschiedene Art, daß er merkte, sie meinten es so. Ein angedeutetes Lächeln mochte sich auf ihren Gesichtern zeigen. Drinnen standen Stiefel und Gummischuhe und das Durcheinander von Schnee und Papieren, verkaufswillige Hausbesitzer wie schäbiges Mobiliar, ihre bleichen und feierlichen Kinder starrten mit aufgerissenen Augen die Fremden an, während Verwandte, zweifellos durch ihre Weisheit fett geworden, ihre Arme wie Bündel an die Brust gedrückt hielten und auf den Schwellen stehenblieben. Auf den Fenstern lag immerzu Frost, verdunkelte die Zimmer, und die Vorräume und Keller und gedeckten Veranden waren kalt und grimmig, und seine Kunden hatten steife, unmenschliche Gesichter.

Kunden: ein essigsaures Wort, ein bitterer Verrat. Es sollte jemandes Gedanken mit Gold oder mit reiner Luft oder mit großen und schönen Raumdistanzen füllen. Nun, das Metall kam rasch genug in den Sinn, aber Bärte folgten bald darauf, Schmutz und die Enttäuschungen der Wüste, Biskuits wie Bimsstein in Pulverform, Zinnlöffel, stinkende Pantoffeln, klappernde Tassen, übelriechendes Wasser, enttäuschende Luft.

Du mußt ihnen auf die Augen schauen, Glick. Auf die Augen schauen. Und dann beim ersten Zeichen (hier schlug Fender jeweils die Hände zusammen) zuschlagen. Gier. (Er umarmte sich selber.) Gier willst du sehen – nur das Schlimmste, Glick – Lust, das besitzerische Auge. Peng! Die Begehrlichkeit. Dieses Bedürfnis.

Aber er hatte eine Liste mit Telefonnummern, die er anrufen mußte. Jetzt erledigte er besser das.

Er haßte den Winter. Tag um Tag lag derselbe graue Himmel auf dem Boden, grau wie Industrieabgase, und im Himmel schwebte der Boden wie eine Straße, die gesalzen worden war, und seine Zimmer waren kalt, in seinen Taschen bildeten sich Löcher, und er war einsam, drinnen und draußen, in einer Einsamkeit wie die Einsamkeit von Überschuhen oder von Husten, den jemand anderer hatte. Aus dem Büro kam man selten hinaus; die Stunden gehörten einem nicht; man rechnete Versicherungsprämien aus und las die Anzeigen in den Zeitungen und rief an, wenn die Leute zu Hause waren. Am anderen Schreibtisch, Broschüren stapelnd, welche für Grundstücke in Florida Reklame machten, und an seiner Füllfeder saugend, Blumen neu ordnend, welche tot waren, und Nummern wählend, ohne den Hörer hochzuheben, saß Glick – Glick, der Kluge im Lande, Glick, der Spaßmacher – den ganzen Winter über grün wie eine Fichte ... den ganzen Winter. Es gab niemanden mehr, mit dem man reden konnte, außer Isabelle, und Isabelle, ja sie ...

Glick, warum tust du das? Ich meine, warum wählst du Nummern so, mit aufgelegtem Hörer? Glick lehnt sich über den Schreibtisch, legt wie ein Wunderheiler beide Hände auf den Apparat. Ich übe die Nummer, die ich anrufen will. Er ist sehr ernsthaft, intensiv. Ich übe alles. Er sagt es voll Stolz. Vorbereitung ist das Geheimnis des Erfolgs.

Guter Rat. Von Anfang an. Sehr weise. Und Glick war der Jüngere. Glick. Eine Essiggurke. Ein saurer Bursche. Fenders Gabel stieß durch die Kruste seines überbackenen Auflaufs, ließ Dampf entweichen, und er blinzelte wegen des am Boden liegenden, schwach schimmernden Schnees. Gehörte nicht zu seinen Freunden, der. Wer wußte schon, in welchem Zustand sich jetzt der Rasen befand?

Fender ließ seinen ersten Bissen zurückfallen. Noch immer ziellos starrend, spülte er seinen Mund mit Luft und ließ sie an die Scheibe wehen. Ein weiterer Vorteil des Alleinlebens. Keine Störung. Nichts als vernünftig. Er stocherte mit der Gabel im Auflauf. Wenn er mit seiner Zunge das Fenster berührte – das würde Kühlung verschaffen. Unzweifelhaft ein weiterer Vorteil. Wer würde öffentlich zu ... wagen? Sogar allein fühlte er sich unter Zwang. Als könnte Pearson vorbeikommen und sehen, wie er einen solchen Kuß aufs Glas drückte. Für Pearson sähe es seltsam aus, und Pearson würde ihm diese Seltsamkeit vorhalten.

Wieder lag kein nennenswertes Stück Rindfleisch darin. Geschickt zog er ein Stück hervor. Lichter durchdrangen den Auflauf, als die Bratensoße um die guten Stücke dunkel knatschte und schmatzte. Der Auflauf war damals am besten gewesen, als die Firma noch einen guten Eindruck zu machen versuchte. Damals gab es jede Menge Fleisch, und die Kruste war zart. Aufläufe, dachte er, Aufläufe ...

Er fragte sich, ob er eine andere Marke probieren sollte, vielleicht die Marke mit der Kuh auf dem Etikett. Er glaubte, die Kuh lächle, und er versuchte sich ihr Gesicht und ihre Gestalt deutlich vorzustellen, aber Eissplitter in den Schneewehen lenkten ihn ab. Es gab Verkäufe in der Jahreszeit mit den sinkenden Preisen, andere wiederum in der mit den steigenden; der Markt hatte einen Rhythmus, so regelmäßig wie der Mond. Er sollte die Ohren gespitzt halten und hören, wann der neue Supermarkt oder die Bankfiliale oder der Laden eröffnet würden, wann das Bürogebäude hochschoß, die Fabrik schloß ...

Glücklich, wer einen Eisschrank besaß.

Pearson hatte an diesem Morgen wieder einmal mit der Zeitung auf Fenders Schreibtisch geklopft. Plötzlich: Klopfklopf. Halt die Ohren gespitzt, Fender. Hör her. Hör her mit allem, was du hast, mit dem ganzen Apparat – scharf –, mit deinen Augen, deiner Nase – mit der Seele, Fender –, ja, so meine ich es, das ists – die Seele. Also halt die Ohren steif. So kommen wir in diesem Geschäft voran. Oder sollte ich sagen, so kommst *du* voran, he, hübscher Freund? Aber schau her – ich meine Isabelle, Glick – schau her: da sitzt Fender. Er sitzt. Wo ist dein Geist, Fender, dein Sportgeist? Werd fröhlich. Ach ... traurig. Er ist ein alter trauriger Hund, Glick. Trauriger alter Hund. Versuchs so zu tun wie ich, Fender. Da – machs einem wirklichen Meister nach. Laß dein Blut kochen. Ach, da schau her: er sitzt. Armer Köter. Ich sage, Isabelle – armer Köter. Komm schon, Fender, versuch den alten Profi wenigstens einmal zu übertrumpfen und *lausche mir*, lieber Freund, ja? – hör jetzt mal richtig zu. Stell dir vor, du hättest soviel gehört wie ich. Ein einziges Getöse! Also jetzt, bist du bereit, fertig, los? Also – naja –, was ist los –, da ist was Hübsches für dich – was geschieht auf Nummer sechzehn zweiunddreißig, wa, das renovieren wir, na, hm – Balinesisch?

Was sagst du? ... paßts so? ... ja?

Pearson lauscht. Er rümpft die Nase. Die Zeitung, bei den Immobilien aufgeschlagen, schlägt aufs Pult. Das Bild seines schweren Goldrings saust am Schreibtisch vorbei. Vor Jahren hat er Fender den Ring erklärt, hielt seine Hand ins Licht. Ich liebe dieses Geschäft, Fender, hatte er gesagt. Ich hab dabei so 'n komisches Gefühl. Ich liebe es. Das hat dieser Ring immer bedeutet. Das erste Mal, als ich ihn über den Finger streifte, da packte es mich – Liebe! Pearson drehte an dem Ring, aber Fender sah ihn nie deutlich, er sah weg auf seine Schuhe, und er hatte noch immer keine Ahnung, was das Emblem darauf bedeutete. Weißt du, Fender, es ist wie – du bist doch nicht katholisch, Fender, oder? – nuja, es ist, als wäre man mit der Kirche verheiratet. So wie Mönche und Nonnen es sind. Nicht wahr? So ist es. Schön ists. Wie Mönche oder Nonnen.

Pearson lauscht ... lauscht ... und es scheint unwahrscheinlich, daß Fender besser sein kann als er, er ist so alert. Aber Pearson drängt ihn. Versuchs. Es ist möglich. Es ist gerade noch möglich, Fender. Versuchs. Jedenfalls – das wärs. Spitz die Ohren. Spitz die Ohren.

Fender stellt sich jetzt vor, er habe verächtlich mit den Schultern gezuckt und seine Handinnenflächen gezeigt. Er gibt blitzschnell eine schlaue Antwort zurück. Bei diesem Wetter, Mr. Pearson, so beschließt er, daß er es gesagt und dazu weise gelächelt hat, krieg ich höchstens ein Ohr voll Eis. Die Bemerkung kommt allerdings nicht genau so heraus, wie er sich das erhofft hat.

Fender fing wieder an zu kauen. Angenommen aber, er könnte es? Er blies sanft, fühlte die Wärme der Gabel zwischen seinen Fingern. Wenn sie ihre Preise so reduzierten, dann wollten sie ihre ganzen alten Lagerbestände loswerden, leerten ihre Lager von all dem, was sonst verdürbe, zweifellos. Wie lange würden solche Artikel halten, wenn sie wie Eisklötze gefroren waren? Forscher in der Antarktis hatten ... was? Lethargische Bakterien. Das Rindfleisch würde zuerst verderben, oder die Bratensoße. Salz war da auch ein Faktor. Natürlich salzten sie die Aufläufe. Beschleunigte Salz nicht ...? Er erinnerte sich, daß ja. Schinken und Speck am schlechtesten. Vielleicht gab man ein Konservierungsmittel bei. Ja, gute Frage; wie lange würden sie sich aufbewahren lassen? Komisch, daß eine solche Zahl die Fluktuation bestimmte. Er dachte daran, wie Pearson sich zu der Musik des Marktes hin und her neigen würde wie ein Tänzer. Behalt deine Finger am Puls. Miß die Strömung. Kalkulier die Prozente.

Als Fender noch ganz frisch im Geschäft war, hatte Pearson ihn in die Hand genommen und ihm alles beigebracht, was er konnte, also machte es nicht viel Sinn, daß er jetzt vor Fenders Schreibtisch stand wie ein aufgescheuchter Hirsch, als hätte jeder Immobilienverkauf in der Luft Schwingungen freigesetzt, worauf seine sensiblen Organe unverzüglich reagierten, denn Fender wußte, daß er seine Informationen auf prosaischere Weise bekam. Er las vor allem die Zeitungen und widmete ihnen den größten Teil des Tages und fast seine ganze Energie. Er las jede Zeile auf jeder Seite, arbeitete sich geduldig von Anfang bis Ende durch, inklusive Nachrichten aus dem ganzen Land und aus Übersee, die Cartoons und die Leserbriefe –, und jene Teile der Zeitung, welche das zu beschreiben vorgaben, was Pearson, der wie ein Indianer unter seiner flachen Hand hindurchspähte, die »weiteren Perspektiven« nannte, nachdem es seine unerschütterliche Überzeugung war, daß Ereignisse von anscheinend weltwichtiger Bedeutung, wenn man tief über sie nachdachte, nichts als schwache, in die Irre führende Echos eines Klanges waren, der nur einmal erzeugt wurde, und dies an irgendeinem nahe gelegenen Ort ohne wirkliche Ausdehnung. Ist dir klar, Fender, sagte er gern, daß alle Nachrichten zunächst einmal Küchengetratsch sind – nichts als Lokalnachrichten vom Nachbarn nebenan –, und daß nichts je – irgendwo – geschieht, was nicht auch auf einer Parzelle Grundbesitz geschieht? Und als Fender einmal »Luft und Ozean« erwidert hatte, hatte Pearson wütend geantwortet: Du bist einer, der auf dem Wasser geht, ja? fliegst du regelmäßig, indem du mit den Flügeln auf und ab schlägst? Triumphierend hatte er geschrien: Was ist ein Flugzeug, wenn ich bitten darf? Die *Elizabeth*? Was ist die *Mary*? Die *Leonardo*? Die *Flandern*? Die *France*? Und er zählte eine schwindelerregende Liste von Schiffen und Flugzeugen auf.

Damit keines der Ereignisse ihm entging (wenigstens schien das Fender der Grund), benützte Pearson eine breitkielige Feder, die seinem Lesepfad nachlief, um durchzustreichen, was er gelesen hatte, und oft, um die Ränder mit vollkommen symmetrischen Sternen zu verzieren, die er dann sorgfältig anmalte, so daß die Zeitung, wenn er sie ausgelesen hatte, von vorn bis hinten ein verwirrendes schräges Gekrakel mit hellblauer Tinte war –, ganz durchtränkt mit Linien, Flecken, verschmierten Fingerabdrücken und Sternen. Weil er langsam, vorsichtig und kunstvoll weiterlas, wegen seiner Hingabe, Leidenschaft, wegen seiner Liebe, wegen – es war, dachte Fender, wirklich unmöglich, absolut sicher zu sein, warum neben der Wirkung die Ursachen so klein erschienen –, und doch, aus welchem Grund immer, erinnerte er sich an alles: an Geburten, Todesfälle, Scheidungen, Auktionen, Testamente, Vorgänge im Stadtrat und bei den Gerichten, an alle die endlosen Tätigkeiten der Vereinigungen und Bruderschaften, deren Präsidenten und Clubhäuser er kannte (es waren die Masons, Moose, Odd Fellows, die Elks, die Freimaurer, die Pythias und Columbus, die Eagles und der Eastern Star), ebenso wie die zahllosen städtischen Initiativprogramme und die karitativen Beschlüsse der Handelskammer und die gemeinnützigen Vereine, die er manchmal in feierlichen priesterlichen Tönen laut vorlas, während er im Büro rund herumging (dies waren die Optimists, Rotary, Lions, Kiwanis und Golden Rule), ebensowenig übersah er die Bewegungen der VFW, DAR, AmVets und Legion oder die offenbar unzähligen Interessengruppen jeder Kirche und Synagoge (tatsächlich gab er diesbezüglich eine Stichelei ab), und er schien jede Voreingenommenheit bezüglich Alter und Geschlecht hinter sich gelassen zu haben, um den Frauengruppen eifrig auf der Spur zu bleiben, auch den Jugendvereinen, sogar den Kindergruppen (die Future Farmers, zum Beispiel, die Sunshine Girls, Boy Scouts, Brownies, Rainbows, Hi-Ys und 4-H), er nahm ebenso gierig die Nachrichten von den Sportvereinen auf (Kittyball, Softball, Hardball, Basketball, Volleyball, Golf), und ebenso die öden Mitteilungen von den Clubs der Einsamen (Angeln, Briefmarken, Schach, Fotografie, Vögel), die er allesamt im Gedächtnis hatte, wie er überhaupt alles zu wissen schien ... alles ... alle Anzeigen ... besonders diese ... während er gleichzeitig immer an politischer Parteinahme interessiert war, an der Wahl von Schönheitsköniginnen, an Vertreter- und Zahnärztekongressen, an allen Ehrenfeiern, Mittagessen für Sponsoren, Geschenkanzeigen, Warnungen vor epidemischen Krankheiten, Verkäufen, Überschreibungen, Abrissen, Feiern, Hochzeiten, Unfällen, Wahlen, Diebstählen und an den Kreditgarantien, neuen Baubewilligungen, Todes- und Kondolenzanzeigen, Fusionen, Beförderungen, Bankrotten, Zwangsvollstreckungen, Anhörungen, Bränden, Prozessen, Vergleichen, Razzien, Verhaftungen; wenn eine Adresse – irgendwo – aufgeführt war, fing sie seinen Blick, denn eine Adresse war ein Name für ein Grundstück, und es war wichtig (es war alles!), Grundstücke – in ihrem augenblicklichen Zustand – zu kennen, weil Grundstücke so wie Leute waren, sie hatten einen Charakter; sie litten an Wechselfällen, wie er Fender oft erzählt hatte, und machten so, wie auch die Besten unter uns, schlimme Zeiten durch, nur um sich wieder zu erheben und zu erneuern, wie es manchmal auch geschah; und die Folge dieser unaufhörlichen eingehenden und fanatischen Beschäftigung war, daß Pearson, wenn er eine Straße entlangfuhr, ein Urteil über sie abgeben, ihre Zukunft lesen konnte, wie er es in jenen frühen Tagen so oft getan hatte, aus den Rasen und Veranden der Häuser, aus ihren Lampen oder Vorhängen oder ihrer Farbe und ihren Kaminen, aber im großen und ganzen aus den Zeitungszeilen, die ihm ins Gedächtnis sprangen, wenn er ihre Hausnummern erblickte: drei zweiundfünfzig, zum Beispiel, hat Diabetes, Fender, pflegte er zu sagen – im Ernst –, ich glaub, die machts nicht mehr lange ... und dann, drei vierundsechzig ist siebenundachtzig, sehr schwach, braucht einen Spazierstock zum Atmen ... und gegenüber wurde vor gar nicht so langer Zeit eine goldene Hochzeit gefeiert ... ja, hier – noch drei in einer Reihe – keiner unter siebzig, leben in diesen großen Häusern ganz allein, mitten zwischen diesen abgewetzten alten Bäumen, können nicht mal die Treppe hochkriechen – schon so gut wie leer: sag mal! was würdest du hören, wenn du eine Maus im Keller oder eine Wespe auf dem Dachboden wärst? kein Geräusch, was? kein Laut, nichts – nur das ganze Haus, wies kommt – wies runterkommt ... ja, da, wir werden beobachtet, eine wundert sich, warum ich angehalten habe, sie späht zwischen ihren Vorhängen durch, siehst sie? – nimm mal an, sie weiß es, Fender, ha! nimm an, sie weiß warum ... die Straße zieht nächstens an ne neue Adresse, das mußt du im Gedächtnis behalten, es ist eine Straße mit alten Frauen – na, übernehmen wir da das Kommando oder nicht? ... du mußt kreativ sein, Fender, du mußt einfach *hinsehen* ... da, schau dir fünf eins an, ja, dieses Ding mit den zwei Türmchen und der Toreinfahrt – ja so, was sind da die Möglichkeiten? das war mal ein Kutscherhäuschen, früher ... na komm schon, komm schon, es ist leicht – Freund, es ist leicht – du entdeckst das Haus, und augenblicklich – einfach so! – füllt es dir den Geist: Name, Reklameschilder, Programme, die ganze Packung, alles! ... laß mal sehen – Der Doppelturm – nein, Das Begräbnisinstitut unter den Zwillingstürmen – *Zwillingstürme* ja! superb! – du bist noch nicht lange genug im Geschäft, um zu wissen, wie gut dieser Name ist, Fender, also zieh kein Gesicht ... nein, mein Herr – bravo Pearson, guter Freund, bravo! – nicht Smerz, Block, Nicolay – Namen von Leuten – nein, ein *Lokalname*, eine erhabene Position, perfekt für die letzte Ruhe – Türme – passend – sicher, es braucht nur ein bißchen Farbe, etwas Fassadenstein, vergrößer dieses Fenster da, ne Menge Platz für den Leichenwagen hinten, wahrscheinlich ein großer Keller, falls es nicht feucht ist, ein paar Flecken am Rand des Grundstücks hinter Sträuchern verstecken, um es heller zu machen ... Zwillingstürme ... perfekt, perfekt ... die Türme golden anstreichen – mit der Sonne, die darauf glänzt, eine kleine Ahnung von dem großen Tor da oben – kannst du das nicht sehen? nachts ein Flutlicht – Ideen! Ideen! Darum dreht sich dieser Job, er ist kreativ ... jetzt mußt du berücksichtigen, was im Begräbnisgeschäft los ist, wer muß umziehen, wer würde eventuell, dies alles – Fakten ... was ist in dieser Straße möglich? daran mußt du denken – wird es Empfangshallen geben? Büros? oder gibt es in der Nachbarschaft schon zu viele billige Apartments? – da gibt es eins, zum Beispiel, mit zwei Außentreppen – nicht gut –, sein Führerschein ist seit einem Jahr abgelaufen, er trinkt und hat Rost an den Dachtraufen – siehst du diese Flekken? ... du mußt wissen, wie weit es bis zum Stadtzentrum ist, welche anderen Geschäfte rund herum logieren, was die allgemeine Verkehrsrichtung ist – Nord-Süd, West-Ost? Bezieh das mit ein, klar? ... dies ist deine Person, Fender – diese Straßen, diese Gebäude, diese Stadt – der Körper deiner Geliebten – ja, ja, ahm – und du mußt das *wissen* ... denk, nimm wahr, bezieh mit ein und kreier ... wer waren diese Hennen mit dem Schicksalsfaden? ja, Parzen – na das ist unsere Funktion, Fender, wir sind die Faten ... auch vielleicht Ärzte, Zahnärzte – du mußt dran denken – wie weit ist es vom Krankenhaus? weißt du das zufällig? ... nullkommasechs Meilen von dieser Straßenecke aus – nicht schlecht, wenn man bedenkt ... siehst du, was ich meine? da ist es, Fender, fühl es dir an, ja? ha? jum ... ja übrigens, denk mal, Fender, denk mal nach – Schönheitssalons? Friseure? Eine Rotkreuzstation? oder sogar Grundstückmakler! vielleicht ich! ha, vielleicht

Pearson! ... du mußt alles sprungbereit – sprungbereit haben ... Fender, es geht um folgendes: es bewegt sich, und dich mußt du fragen: werde ich diese Bewegung schaffen, kontrollieren, dirigieren, verwalten und *erzeugen*, oder verwaltet und bewegt und erzeugt sie mich? klar? ... die reden von Parzellierungen – draußen auf dem Land – Unkrautfelder und Entwässerungsgräben – das ist ein Kinderspiel, Sandkastenspiele – flutscht! haut hin! – aber schau mal, was wir hier haben, gleich hier, wir können diese Straße parzellieren, darauf läuft es hinaus, sie liegt in unseren Händen! ... Verantwortung! ... ja, es ist ungeheuer, dieses Geschäft, Fender, ungeheuer.

Ungeheuer. Vor Jahren. Als er noch ein Prophet schien, manchmal ein Gott. Sprungbereit! rief er gewöhnlich aus und hob seine tintenbefleckten Finger. Eine Spannung schoß durch Fender, und er wiederholte die Worte vor sich selber, erwog noch einmal die Weisheit seines Lehrers. Alles ist Besitz. Pearsons Gesicht glühte, sein Haar schüttelte sich. Alles ist Besitz. Denk dran. Eine Art Besitz. Dann flog er jeweils durchs Büro, benannte Gegenstände und hob sie hoch. Das, und das, und das ... dieses Ohr, sagt er triumphierend und fingert am Läppchen herum, dieses Ohr gehört Isabelle ...

Kauf bei Börsenbaisse. Füll deinen Kühlschrank. Glücklich ... wer aus der Zeit Profite zieht ...

Leute vergehen. Mitten im Leben, weißt du, Fender ... doch ... Besitz aber, Besitz dauert. Sicher, sicher, manchmal gehen Autos vor den Leuten in ihnen kaputt, aber es gibt verschiedene Arten Besitz, das ist alles, und ein Haus überdauert normalerweise seinen Erbauer. Eine Menge Dinge überdauern uns, Fender. Eine Menge Dinge. Eine

Menge. Ha ha. Ja. Das ist es. Land ist verdammtnochmal fast unsterblich. Land währt ewig. Darum wird es Grund genannt, klar? ja, das macht Sinn, Fender, alter Freund und Gefährte, das macht Sinn!

Ein Rhythmus im Markt ... auf und ab ... dein Vermögen ... wenn ...

Leute sind Besitz. Scheint dir das eine harte Aussage, Leute sind Besitz? am Ende gar nicht real? Ja, laß mich dir sagen, Fender, wir fassens alle falsch auf, zumindest die meisten von uns ... genau umgekehrt ... die meisten von uns. Die Leute besitzen Besitz – so sagen wir – so denken wir. Ja sicher. Sicher. Ein Riesenblödsinn, das. Hör mal: *Besitz besitzt die Leute.* Alles ist Besitz, und der Besitz, der am längsten dauert – der besitzt, was am wenigsten lang dauert. Hört sich vernünftig an, Fender, Fender, wart, bis zu deinem Tod wirst du es einsehen! Also ist es der Besitz, der lebt, Fender, der dauert und lebt und geht immer weiter, Fender, und der geht dann nochmals weiter, der überlebt uns, Fender, der *überlebt* ... nuja, *der* Besitz ist real, und *er – er besitzt den Rest* – mit allem Drum und Dran – *stimmts?* Klingt vernünftig.

Mittelloser Fender, kühlschrankloser Fender ...

Es machte Sinn, ja. Es klang noch immer vernünftig. Aber jetzt schien es eine harte Aussage ... schwer zu ertragen. Sein kleines Haus besaß ihn, das stimmte. Er war zurechtgeschnitten worden, so daß er in seine Wände hineinpaßte. Er sah, wieviel es zuließ. Er reichte nicht über die Räume hinaus. Die Stufen eines finster und blind blickenden Hauses, über sie hatte er sie doch so oft hinaufgeführt, als wären sie Haustiere auf der Suche nach ihren Besitzern? Pearson hatte recht. Die Frage, die seine

Käufer hätten stellen sollen – will ich diesem Haus gehören? –, die stellten sie nie. Was werden diese Böden und Ecken, diese Aussichten, diese Dielen und Schränke mit meinem Leben anstellen? Pearson hatte recht. Beeee-sssjtztz, schrie er, ein hübscher Klang. Und Fender war bekümmert; er war besorgt. Sein Auto besaß ihn, und seine Hemden und Schuhe besaßen ihn, seine Socken und Krawatten, sogar seine Handtücher und die Zahnbürste waren Tyrannen. Er bewegte sich unbehaglich in seinen Kleidern, starrte auf seinen Anzug. Stell dir mal vor – in seiner Hose waren feine Streifen verwoben, die er noch nie gesehen hatte. Sie versetzten ihn in Furcht, lauerten im Stoff. Was gab es sonst noch? Auch der Körper – Pearson lehnte sich über den Schreibtisch und flüsterte –, dein Körper besitzt dich ... noch ein Haus mehr, nicht? Die Stufen der Vordertreppe hoch – wie oft schon? Er kratzte mit dem Schlüssel im Schloß und bat sie herein, die Narren, er bat sie herein. *Lauft weg*, hätte er schreien und dazu mit einer Alarmglocke läuten sollen.

Pearson ist hereingekommen, strahlend, eine Illustrierte schwenkend. Da drin ein Kaiser, sagt er, dreht die Illustrierte zu einer Rolle und zielt damit auf Fender, ein Kaiser – und ein Mann wird nicht Kaiser, indem er ständig auf seinem Arsch rumsitzt – entschuldige mich, Isabelle – aber trotzdem, auf seinem Arsch, sowieso – dieser Kaiser sagt, das Geheimnis ist, ja, *in Harmonie mit der Natur zu leben*. Das mein ich, Fender. Das hab ich dir diese ganzen Jahre über erzählt. Da ist es. Peng. Mit dem Strom, Fender, mit dem Strom. Die Zeiten ändern sich – du änderst dich. Geschäft, Geld, Leute, wenn sie sich bewegen, Fender, dann bewegst du dich. Fahr parallel zum Impuls. Absorbier den

Schlag. Siehste? Es ist so klar. Es ist so leicht. Es ist so sauber. Ein Kaiser. Peng. Stell dir vor. Peng. Lebte da früher, da, weißt du. Es stimmt. So oder so – eine tolle Illustrierte, Fender. Toll. Peng. Die waren damals gar nicht so dumm, wa? Lies es. So klar wie Glas. Peng. Verschlagen wie ein Fuchs. Peng. So hübsch wie eine Nadel, he? Sauber. Peng. Und denk an das, was du gelesen hast. Klar? Pengpengpengpengpeng ...

Die Kuh stand schräg in einem Klumpen Gänseblümchen. Jedenfalls waren es Blumen mit weißen Blütenblättern und einer orangefarbenen oder gelben Mitte. Lächelnd. Er hatte sich den Finger an einem Papierrand geschnitten. Jetzt fühlte er es angenehm stechen, und seine Schultern schmerzten. Dann waren da schließlich auch, ganz durcheinandergeraten, die Erbsen.

Glick, warum tust du das? Ich meine, wofür zerreißt du all dieses Papier? Glick faltet sorgfältig das Blatt und schärft den Falz mit seinem Daumennagel. Dieses Papier ist ein Stück Besitztum. Er lächelt nachsichtig. Du mußt Vorstellungskraft entwickeln, Fender. Ich unterteile. Numeriere Parzellen, stelle mir Flächen vor, weißt du, Kanalisation, Grundbucheintragungen, alles. Er zieht an den Ecken. Das Land läßt sich sauber teilen ...

Erbsen. In einem Auflauf könnte sich alles, von neun bis achtzehn Erbsen, befinden. Achtzehn waren schon ordentlich viele. Er zählte Erbsen, nie aber Rindfleischstücke oder Rüben. Jetzt fragte er sich, warum. Erbsen schrien danach, gezählt zu werden, sie waren so grün und diskret, und dennoch war es das Rindfleisch, das die Qualität des Produktes ausmachte. Automatisch fing er an, den Brief zu formulieren. *Wie es auch Ihnen klar sein dürfte, ist das*

Fleisch das bestimmende Element ... Die Katze im Sack gekauft, das ist es. Vorsichtig kaute er. *Zweifellos ist es Ihrer Aufmerksamkeit entgangen, daß jemand sich die Mühe machen könnte, mit dem Zählen von* ... Die Welt draußen vor dem Fenster verschob sich. Lichter von den Häusern warfen Streifen über den Schnee. Wie der Urin von Hunden an Bäumen. Obschon es nicht ätzend schien, sondern leicht obenauf lag wie etwas Durchsichtiges – ein durchscheinendes Kleid. *Und doch geschah es, daß ich die Rindfleischstücke in Euern Aufläufen gezählt habe, schon jetzt* – wie lange, sollte er sagen? was würde die größte Wirkung hervorrufen? alles nahm so viel Zeit weg – na, sagen wir einige Jahre, das würde die Angst des Publikums so richtig dem Publikum zurückgeben. *Aus diesem Grunde sind meine Ergebnisse ziemlich vollständig und meine Schlüsse sozusagen unanzweifelbar* ... ja ... sozusagen, das war gut gesagt ...

Fender war erschöpft – erschöpft vom Winter. Das bißchen Energie, das er hatte, war aufgebraucht. Der Stoff seines Anzugs schabte an seinen Knien. Das Schaben schien gefährlich, seine Haut fühlte sich so dünn an. Elendes Geschäft. An den Spitzen der Eiszapfen wackelten Wassertropfen, und er entschied, es müsse einen leichten Wind geben. Und dann hatte sich auch eine Erbsenschale in einem Backenzahn verfangen. Er drückte seine Zunge heftig daran. Dagegen sollte es eine Garantie geben, aber er hatte die Packung nie genau angesehen. Hatte er die Verpackung weggeworfen? Es hatte keinen Sinn, sein Interesse nahm ab, obschon er es wieder zu erregen suchte, indem er an die Bestürzung dachte, die sein Brief hervorrufen würde, wenn er die richtigen Leute erreichte.

Drohung mit Veröffentlichung – die Lebensmittel- und Heilmittelkontrolle, die staatliche Handelskommission. Einen Augenblick lang gefiel es ihm, und das Erbsenmus schien dick und reichhaltig, aber sein Vergnügen war rasch vorbei, und er fühlte sich leer wie eines seiner Häuser, starrte in den Wind und auf den Schnee hinaus, auf die wellenschlagenden Borde von Licht und Schatten, wartete auf jemanden ... irgend jemanden ... damit der hereinkam. Am Morgen würde es auf den Straßen Eisflecken geben, und dann würden die Lastwagen der Stadt Sand und Salz streuen, so daß am Nachmittag jedes Auto Matsch vor sich aufspritzen würde, und das würde sich sammeln und in rohen grauen Paketen hinter den Rädern zusammenfrieren, bis das Fahrzeug diese nicht länger würde halten können und sie auf die Straße fallen ließ.

Als er vor Glick stehenbleibt, sagt Pearson finster: Weißt du, was mit dir los ist, Glick? ja? hast du davon einen Schimmer? eine richtige Vorstellung, das leiseste Verständnis? Pearson wartet darauf, daß Glick sein verwirrtes, knechtisches Gesicht zum Vorschein bringt. Pearsons Herbstwitz fällt. Er tut immer weh. Du verschwendest zuviel Zeit mit dem Zusammenrechen von Blättern, sagt er und läuft rasch durch die Tür zu seinem Büro, wo sie ihn nach einem Moment – es ist immer so – toben und schreien hören, dann abermals schreien. Fender starrt auf die Unordnung in seiner Schublade und dreht Klammern und Nadeln und Klebstreifen um. Er denkt kaum daran, daß dies alles mal in strahlender Ordnung war, daß jedes Ding durch seine Natur seinen Ort beschwor. Ein weiterer Vorteil des Alleinlebens – man konnte nicht gut sagen: Entschuldige mal, unterbrich mich nicht, ich zähle die Erbsen in diesem Auflauf; oder: ich formuliere gerade einen Brief an die Verantwortlichen dieses Auflaufs; oder – Nein, für diesen Abend war er am Ende; seine eigene Stimme langweilte ihn; Gähnen spannte ihm die Kiefer und trieb ihm Tränen in die Augen. Die Telefonanrufe würden warten müssen. Das Schneelicht, obgleich milde, hatte seine Augen zum Brennen gebracht, entschied er, und um sie zart zu drücken und die Feuchtigkeit aus ihren Winkeln zu wischen, legte er seine Gabel ab. Er entschloß sich, wenn auch schwach, die Vorhänge zuzuziehen, aber als er sich auf seinem Stuhl bewegte, blitzte die lange Reihe Eiszapfen, und unwillkürlich hielt er den Atem an. Einen Augenblick lang saß Fender absolut still, wie jemand Verwundeter es tun mag, der nicht weiß, was für ein Schmerz ihm bevorsteht oder wieviel Blut er verlieren wird, aber seine Augen wurden in die Eisreihe hineingezogen, während das Licht des Wohnzimmers schimmernd in ihnen lag. Die Reinheit des Eises war erstaunlich, die Spitzen waren wie Nadeln, und an ihrem Ursprung wuchsen sie zusammen wie Finger in einer Handfläche. Der Schnee schmolz nicht mehr, und die Eiszapfen hatten einen harten trockenen Glanz. Er stellte sein Tablett weg und stand auf. Ein Fisch im Glas – als so auffällig empfand er sich. Er war sich auch der sanften Wärme des Raumes bewußt. Die strahlte zu ihnen hinaus, doch das hereinkommende Licht wurde langsam abgekühlt und zu dem Eis hinzugeschlagen. Er riß an der Kordel und zog die Vorhänge der Fensterbank entlang zu. Es hatte keinen Sinn, daß jedermann hereinsah. Lieber wie ein Maulwurf außerhalb jedes Sichtkreises leben. Er würde eine Illustrierte anschauen, beschloß er, und früh zu Bett gehen. Er war wirklich müde. Er hatte immer, auch als Kind, seinen Schlaf gebraucht.

2

Am folgenden Morgen waren die Eiszapfen noch immer da. An jeder Dachtraufe hafteten sie. In Verbänden hingen sie von Pfosten und von Astgabeln. Dort wo der Schnee von der Oberseite der Verkehrsampeln geschmolzen war, hingen die Eiszapfen spindeldünn, aber sie drangen wie muskulöse Arme aus Abflußrohren heraus und klammerten sich in dichten Schnüren an die Dachrinnen. Der Himmel war wieder klar, die Kälte dauerte an, und der Schnee blieb dick auf den Dächern. Gutes, zunehmendes Wetter, dachte Fender und ließ seinen Atem aus seinem Mund strömen. Die Frage war nur, wieviel Gewicht ihre Stiele tragen würden. Oder hatten sie Stiele? Pastinaken, so erinnerte er sich, waren weiß. Unter einem Wasserhahn ein Eiskegel. Er dachte dabei an Kellergewölbe. Vom Boden bis zur Decke. Wie Gebisse. Und da war kaum eine Brise. Als er erwachte, war der Drang, nachzusehen, ob seine eigene Eiszapfenreihe die Nacht überlebt hatte, sehr stark. Seine spezifische Sorge überraschte ihn, und er dachte, mit dem Gefühl stimme etwas nicht, es sei etwas Närrisches, beinahe Kindisches – ja, kindisch, das stimmte; dazu noch warf er den Eiszapfen vor, daß er ihretwegen schlecht geschlafen hatte und daß er wie ein Narr mit sich hatte kämpfen müssen, um sich daran zu hindern, gleich die Vorhänge aufzuziehen. Der Impuls dazu war gekommen, noch ehe er in den Pantoffeln steckte, war gewachsen, als er im

Badezimmer war, war unüberhörbar geworden, als er sich anzog und seinen Saft trank, so daß er nicht die geringste Freude verspürte, sondern an die Eiszapfen dachte und daran, ob sie in Sicherheit seien und ob er sich ihre Länge richtig vorstelle, außer daß er sich gelegentlich, als gäbe es da einen Zusammenhang, an die Liste in seiner Tasche erinnerte und an die ganzen Aufgaben, die er versäumt hatte, an die endlose Liste der aufgeschobenen Besorgungen: Rechnungen, Briefe, Papiere, Anrufe, Besorgungen und unvorhergesehene Beschäftigungen. – O weh, er mußte einem Ehepaar ein Haus vorführen, wann? um zehn? elf – ein Haus, in dem höchstens allenfalls ein Hund wohnen konnte – Ringley –, den ganzen Winter über stand es leer – schön, verdammt schön –, jetzt in schlechtem Zustand – dunkler, kalter Ringley mit den Walroßkiefern ... wie hieß der, der da in den Kellern jagte? ein eigenartiger Name ... naja, durch Löcher in der Erde kriechen wie Würmer, wer wußte denn, worauf man da stieß? irgendwo Wasser, das tröpfelte, und die in weiße Kokons eingesponnene Beute von Spinnen – Abenteuer nannten sie das ... keineswegs etwas wie das Feuer des Berges, wenigstens so, wie er es sah, die glitzernde Luft, räumliche Entfernung, die sich in blitzenden Abhängen verlief ... Dann siegte in Fender kurzzeitig die Vision eines Schneefeldes, blendete ihn angenehm, und er erhob sich auf die Zehenspitzen, wollte schauen, es war dumm, mit sich selbst wegen so was zu kämpfen, Ringley, aus drei Stockwerken, nur aus Keller bestehend, ein Park für Fledermäuse ... und der Termin würde höchstwahrscheinlich zur Mittagessenszeit stattfinden ... Er hätte sich über die Zahlen informieren sollen, aber was sollte das, niemand wollte ein solches Haus.

Dieses Paar, diese Leute: wer waren sie? sie würden es nicht wollen – eine Falle ... Pearson mußte Clara sagen, sie solle es selber verkaufen, er war kein Hexer, um Gottes willen. Schau her, Pearson, ich bin kein Zauberer, und dieses Lokal ist eine faule Nuß; es ist voller Ratten, na wenigstens Mäuse, sie lassen ihren Dreck auf der Küchenanrichte – keine Chance ... Dann würde er hören, wie Pearson die Kraft der Imagination predigte: Fender! Denk an das, was du verkaufst! Unser Verkaufsartikel heißt Glück! du willst für sie träumen – träum! Aber Fender erinnerte sich daran, wie einmal ein Plakat mit Babe Ruth drauf einen Verkauf ruiniert hatte, es war durch ihre Träume hindurchgeschlagen wie ein Ziegelstein ... Er hätte diese Anrufe tätigen sollen, Pearson würde ihn danach fragen. Kein Glück beim Spiel, Mr. Pearson, da tut sich nichts, würde er sagen müssen, während Glick – in Dill getaucht – grünlich grinste ... Er würde sein Meßband benützen können, und wenn sie noch immer da waren, könnte er sie messen, das wäre interessant – zu wissen, wie breit.

Und dann tu ich immer noch etwas, ich zeichne ein Bild des Hauses, einen einfachen Grundriß. Nehmen Sie das mit, sage ich, es hilft Ihnen bei der Erinnerung; und ich darf dir sagen, sie sind dankbar. Und dann tu ich mit dem Haus immer noch was ... aber Glick hört nicht zu, er schaut weg – der neuere, der jüngere Mann hat seine scharfen Augen auf etwas fixiert und kommt nicht weg. Glick? Ich hoffe, du glaubst nicht, daß mir Pearson alles beigebracht hat, was ich über dieses Geschäft weiß. Ja bei weitem nicht. Ich versuch mir immer eine Möglichkeit vorzustellen, wie sie eine Ecke sparen, wegmachen, wegschneiden können – eine fünfte –, so daß sie glauben, sie könnten ihr Geld ruhig für die vier ausgeben, die ich verkaufe; es gibt ihnen das richtige Gefühl; sie müssen das richtige Gefühl haben – das ist eine Kunst – dazu braucht es Jahre. Nun ... ja ... Glick? Ich hab selber paar Sachen aufgeschnappt, weißt du, jawohl Monsieur. Pearson kann einem nicht alles beibringen. Aber Glick hörte auch Pearson nicht zu, sogar wenn Pearson direkt zu ihm sprach und Glick ernsthaft aussah und nickte und der Muskel an seinem Kiefer zuckte. Er hörte nie zu; sogar als Pearson seinen Witz erzählte und Glick sein verwirrtes, knechtisches Gesicht wie ein Fisch an die Oberfläche steuerte, um ihn aufzuschnappen, da waren seine Ohren schon voll. Na, du wirst wissen wollen, *welche* Dinge, vermute ich, ein Kerl, der, wie du, gerade eben anfängt, der auf dem hohen Seil zu gehen lernt, der das richtige Gefühl dafür kriegt, als so einer wirst du immer nachahmen wollen, was du kannst, die angesammelte Erfahrung, wie man so sagt, na, davon handelt Zivilisation, denke ich, von weitergegebener Erfahrung, nicht wahr? jahrelange Erfahrung; Ältere, Bessere, was? ... Glick? Zum Beispiel Abmessungen. Verdammt, er war so gehörlos wie seine Blumen. Fender hatte ihn unter seine Fittiche nehmen wollen. Wie töricht das war. Er war ein Dornenstrauch, ein Stachelgewächs. Entsetz – – stechend, er kratzte sich nie außer beim Vergnügen. Abmessungen von Räumen, Glick – denk dir. Du willst sie gleich da haben, siehste, auf der Zungenspitze – Wohnzimmer: siebenzwanzig auf vierfünfzig; Hauptschlafzimmer: vier auf dreivierzig; Küche: zweisiebzig auf einsfünfzig; Bad: einsachtzig auf einszwanzig, und so weiter ... Abmessungen. Das Eßzimmer ist ein geräumiges Quadrat, elegante und nützliche zwölf. Laß es professionell klingen. Glatt. Diese Seitenverschalung, was? die ist aus in T-und-G-Form mehrmals verleimtem eins-auf-vier Rotholz, mein teurer Freund, es gibt nichts Besseres. Deine Kunden sind ganz dünn vor Kummerwürmern, ganz ausgefressen von den inneren Ängsten. So mäste sie denn mit Gewißheit. Sie wollen glauben. Dieser Schrank? Er ist zweiundzwanzig tief – Standardgröße. Das sagst du – du sagst, es ist Standardgröße – auch wenn es das nicht ist. Als nächstes wird die gnädige Frau wissen wollen, ob sie ihr Wasauchimmer in diese Ecke reinkriegt. Rasch – die Fakten! die Zahlen! du ratterst die Abmessungen herunter. Hundertacht Quadratmeter Wohnraum. Sie kaufen hier ein Haus, Mr. Ramsay, sagst du lachend, für nur neun Dollar per Meter. Ja, Monsieur, Abmessungen. Gibt ihnen Vertrauen. Sie sehen, daß du dich drum kümmerst. Ich sag dir, sie sind abgerackert; sie sind drahtdünn; Kummer durchkriecht sie, wird größer; sie wollen glauben. So: Höhe der Decken. Breite der Fenster. Da ist ein Kerl, der sich auskennt, denken sie, einer, der wirklich mit dieser Liegenschaft vertraut ist, jemand, dem die Fakten auf der Zungenspitze liegen, jemand, der herumgekommen ist und der den Markt kennt, jemand, dem wir vertrauen können. Es funktioniert, Glick. Hat eine beträchtliche Wirkung. Versuchs mal. Der erste Versuch wird dich überzeugen. Du fütterst sie mit Fakten so fein wie Nadeln. Du überraschst sie. Schauen Sie diesen Röhrenabschnitt, Mr. Ramsay, er ist sechs Fuß lang. Sie wissen, wie wichtig gerade so was ist – ich meine, wie weit Ihr Wasser fließt. Es verblüfft sie, Glick. Ja, Monsieur, dabei sind sie ganz Ohr.

Aber Glick hörte nicht zu ... er wurde gerade in seinem Faß überspült, sonnte sich in seiner Lauge.

Fender hatte sich selber besiegt, es war ihm gelungen, nicht hinzuschauen, so daß er sich jetzt, während der Motor seines Autos aufwärmte, an den Eiszapfen voll und ganz freuen konnte, und er dachte, daß es vielleicht diese Aufrichtigkeit gewesen war, welche den vorher immerzu gegenwärtigen und beherrschenden Sinn ausgetrieben hatte, daß nämlich Eiszapfen letztlich, naja, Eiszapfen waren; aber er stellte eben doch fest, daß seine länger waren als alle jene seiner Nachbarn – sie waren in jeder Hinsicht größer –, und da das Wetter die Umsicht gehabt hatte, schön zu bleiben, würden sie sicher weiterwachsen, sie würden vielleicht während des Tages doppelt so groß werden –, es war einfach die Frage, wieviel Gewicht ihr Stiel tragen konnte. Er versuchte sich zu erinnern, wann er sich zum letztenmal mit Eiszapfen beschäftigt hatte – in seiner Kindheit manchmal, sicher –, aber seine Erinnerung versagte, es blieb ihm nur ein weißer Fleck. Zweifellos gab es irgendwo ein Haus, in dem er gelebt hatte, aber er hatte die Adresse verloren. Sogar jetzt glitt sein Leben rasch vorüber und war, wie ein Stück Holz auf einem Fluß, bald außer Sicht. Es verschwand tatsächlich so vollständig, daß er einmal bei einer Einladung, als er anläßlich eines Spiels gebeten wurde, seinen Lebenslauf aufzusagen, antworten mußte, er könne die Geschichte seines Lebens nicht erzählen, weil er sich nicht im geringsten daran erinnere. Bei diesem Geständnis lachte jedermann herzhaft, ihm wurde vor Scham und Vergnügen ganz warm, aber es war kein Witz, die Bemerkung war wahr, auch wenn er ihre Wahrheit erst in dem Augenblick eingesehen hatte, als er sie von sich gab, und der Gedanke machte ihm ein bißchen Angst, obschon er ihn zuletzt mit allem anderen zusammen vergaß: mit der Einladung, mit seiner nichtgemeinten Geistreichelei, mit deren kleiner Überraschung, mit der daraus folgenden Ängstigung und mit seinem sanft verschwindenden Leben. Er erinnerte sich daran, daß er zuerst vor den Eiszapfen dieselbe Angst gehabt hatte, wie er sie von Zeit zu Zeit bei gespitzten Bleistiften verspürte – daß einer ihm das Auge ausstechen könne. In seinem Blick lag jetzt allerdings kein Unbehagen, nur Stolz, und als er die kühle Masse des Meßbandes an seinem Schenkel fühlte, mußte er wieder über sich selber triumphieren. Was würden die Leute denken, wenn sie ihn so sahen ... irgendein Vorübergehender ... möglicherweise Pearson? Er wünschte sich, seine Eiszapfen wüchsen auf der anderen Seite – inwendig –, wo er sie ganz im privaten würde messen und sie auf eine beliebige ihm zusagende Art würde prüfen können. Aber wenn einer abbrach ... der Gedanke war tief erschreckend. Ja wirklich – Himmel nochmal – schau her, rief er ziemlich laut aus, als er sich in seinen Wagen hineinbückte, du hast nicht recht, Fender, alter Freund und Kollege, an einem dieser Tage werden sie dich mitnehmen ... und er fuhr in rücksichtslosen Rucken rückwärts aus der schneebedeckten Ausfahrt hinaus.

Wie ein Pirat hielt Glick einen Kugelschreiber zwischen seinen Zähnen. Er war grün, und das ließ Fender denken: Essiggurke. Glick nickte Fender kurz zu, der sich seinen Weg jetzt durch ein unnatürlich dunkles und von vielen lauernden Hindernissen durchsetztes Büro ertastete. Meine Güte, ist aber hell draußen, sagte er, sein Ton so aufgesetzt wie eine Perücke, was ihn sowohl überraschte wie ärgerte, da es ja nur eine kleine Aussage war, und er hatte sie sicherlich so gemeint. Die Schreibmaschine schlug immerzu einen Buchstaben an – wahrscheinlich das x. Glick nickte wieder und sog geräuschvoll seinen Speichel ein. Fender hinwiederum blinzelte heftig, um das Unklare von seinen Augen wegzubringen. Aussichten. Sie ließen ihn an Schmutz denken. Sie ließen ihn an Lumpen, Schlangen, Pickel und an Mord an Geschäftsfreunden denken. Mit Mühe entrang er sich seinem Mantel, fand, daß er wütend sei, und fing ungeduldig an, seinen Schal in einen Ärmel zu stopfen. Glicks Blumen raschelten hinter ihm wie Gespenster. Der Kleiderbügel schwang hin und her und klirrte. Die Schreibmaschine trommelte und ratterte weiter. Isabelle ... aah, Isabelle – aber leider ...

An seinem Schreibtisch öffnete er Schubladen. Glick grüßte ihn, ja? mit einer Blume. Die sind neu, sagte Glick und nahm die Essiggurke aus dem Mund, um zu sprechen. Neu, wunderte sich Fender, wie neu? Ich hab sie diesen Morgen neu reingebracht, ein Wechsel, sagte Glick, war auch höchste Zeit dafür, die anderen waren staubig. Fender paßte plötzlich sehr auf. Es war vielleicht ein Witz. Und er bemerkte, daß er seine Gedanken laut ausgedrückt hatte. Aber ... ich meine ... warum diese ... naja ... diese alten toten Blumen? *Getrocknet*, sagte Glick, sie sind *getrocknet*, eins meiner Steckenpferde, Strohblumen sind leicht – *Helichrysum, Helichrysum monstrosum;* dann gibt es *Statice*, Seelavendel, *Statice sinuata;* und natürlich *Angel's Breath, Gypsophila; Xeranthemum; Rodanthe, Swan River* ... Warum fuhr Glick jetzt so damit fort? Er war jetzt schon über ein Jahr in dem Büro, und es hatte sich nie eine Gelegenheit ergeben, um – sich das Bedürfnis der Erwähnung dieser – dieser seiner seltsamen Narretei zu erfüllen. Fender schmiegte seinen Kopf in seine Armbeuge und dachte an seine Eiszapfen, die in langen rübenartigen Linien wuchsen. Ja, ihnen war Vorsicht anzuraten ... Langsam begann der Raum sich wieder zu ordnen. Glick hatte einen Stapel Blätter und anderer verdorrter Gegenstände vor sich auf einer Zeitung liegen. Er steckte weiterhin energisch Pflanzenstengel in eine Vase und riß ihnen dann die Köpfe weg. Gräser, sagte er. Pampasgras wächst überall, zwischen zehn und zwanzig Fuß hoch. Gräser, sagte Fender ausdruckslos. Hasenschwanzgras und Borstenhirse, das ist *Setaria italica*. Zittergras ist *Briza maxima*. Plötzlich brach Fenders Zorn offen aus. Er beugte sich vor und wühlte in seiner Schublade. Dieser Vollidiot, dieser Vollidiot, dachte er, das gleicht ihm wieder – zehn bis zwanzig Fuß, ja, was für ein Lügner – also bitte, wie konnte er den Vergleich anstellen ... Ich habe heut früh ziemlich viele Eiszapfen gesehen, sagte er mit schwerer Zunge. Er haßte diese Fremdsprache. Glick war etwas zurückgetreten, neigte seinen Kopf von einer auf die andere Seite, winkte absurd. Sie sind überall, sagte er. Überall? Na, ich denk schon. Überall, was? Überall, sagte Glick, wie Unkraut; du hättest den Klumpen sehen sollen, den ich von meinem Auto unten weggekickt habe. Das wette ich, sagte Fender, der kaum fähig war zu sprechen. Sein Kopf war zum Zerplatzen voll. Wenn ich an dich denke, Glick, sagte er zu sich selber, dann denke ich: Essiggurke! Hast du je einen Eiszapfen genau angesehen, Glick? wirklich angesehen? Sicher, sagte Glick und richtete sich auf, sicher hab ich das, warum? Aber Glick hörte nicht zu, und es gab für Fender keine Notwendigkeit einer Antwort. Er glitt tief in sich selbst hinein, in die drohende Hitze, sein Herz und die Schreibmaschine trommelten, während Angst um seine Eiszapfen wie eine Wolke über seinen Magen fuhr. Ich habe Fieber, entschied Fender, zitterte, wie um sich die Diagnose zu bestätigen. Also hatte Glick ein Steckenpferd. Stell dir vor. Wo waren die Daten des Ringley-Hauses? Ein Steckenpferd. Stell dir vor. Nein, sein Verstand kam darauf zurück, er konnte es sich nicht vorstellen. Wo war diese farbige Karteikarte? Er schrieb diese Zahlen immer auf eine farbige Karte. Glick faltete und entfernte die Zeitung von seinem Schreibtisch, dessen glänzende Oberfläche darunter hochzuspringen schien. Er hatte sie – er hatte sie irgendwohin gelegt – wohin? ... ja, er war in einer Wut, einer Wut. Er starrte Glick an, um grob zu werden. Blauer Anzug heute morgen, Donnerwetter. Schreibtisch abgewischt. Eng geknotete dunkle Krawatte, von metallischen Fasern durchglänzt. Aus welchem Grund? Und dann diese sorgsam gesammelten alten Unkräuter. Getrocknet, tot, wo lag da der Unterschied? Wurden an der Sonne gelassen, mußten schwitzen wie Pflaumen und Trauben. Latein, war es das? Natürlich Lateinisch. Hoho. Mumifizierung. Er hatte den Namen dieses Paares notiert – hatte er –, er wußte, daß er es getan hatte. Es war ein Angriff auf ihn, jedes einzelne, alles ... und dann würde Pearson gleich kommen. Ja, *jetzt* war Glick fleißig. Seine Faltmanschetten glitten aus seinen Jackenärmeln. Bizz-bizz-bizz. Na, Pearson würde gleich kommen. Zerschmetternd. Nichts fertig bei diesen Zahlen, Mr. Pearson, leider, nein, nichts fertig. Seine Eiszapfen, jetzt – sie sollten beim Wachsen aufpassen. Wenn er Zeit hätte, würde er einfach zur Mittagsstunde vorbeifahren – sehen, wie es ihnen ging. Strohblumen, sagte er? Achwah. Sie waren perfekt rund, so hatte es die Natur gemacht. Tropfen sammelten sich an der Spitze, fielen dann ab. *Natürlich* gab es überall Eiszapfen. Wer hatte etwas anderes gesagt? Allgemeines Klima, Bedingungen überall gleich, Konsequenzen ähnlich, sehr natürlich, wer – Fender atmete tief und zitternd ein. Ja, ja, ja, mein alter Kollege, Freund, wirklich, ich muß schon sagen, muß sagen, halt dich fest, greif zu. Wenn ich an dich denke, Glick ... *monstrosum?* Hatte er das gesagt? es klang richtig. Himmel. Dieses Großmaul. Dieser Betrüger. Aber welche Schande. Sie waren so zerbrechlich. Welche Schande.

Pearson kam nicht. Entgegen seiner Gewohnheit kam er überhaupt nicht und setzte sie auch nicht davon in Kenntnis. Das Telefon blieb stumm. Nach einer gewissen Zeit hörte die Schreibmaschine auf. Fender saß eine lange Zeit bewegungslos und stumm, in einer Art Trance, Papiere waren vor ihm ausgelegt wie ein Fächer, er starrte auf ihre schmuckvollen Oberflächen hinunter, einige rosafarben, andere cremefarben, andere gelb, die meisten weiß, ein Bleistift ragte wie ein Zweig aus seinen Fingern, die Wärme kam und ging, der Kummer ebenso, machte, daß seine Brauen sich zusammenzogen und seine Mundwinkel sich rümpften, bis der bemerkenswerte Gefühlssturm verebbte, der über ihn hereingebrochen war, als er die Bürotüre aufgezogen hatte, er kühlte ab, und sein Herz schlug langsamer und wieder regelmäßiger. Dann fand sein Blick seinen Gegenstand wieder. Er hörte das Surren der fluoreszierenden Lampen. Etwas – war es Schmuck? – klirrte. Das Bild von Glicks Vase kauerte auf dem Wachstuch, und Fender, wieder sprechfähig, wenn auch überlaut, fragte: Wo bleibt Pearson heute? was ist los? ist er krank? Glick fuhr mit seinem Stuhl hinter seinem Schreibtisch hervor und drehte sich fröhlich darauf herum. Ist das nicht hübsch? Fender versuchte zu lächeln. Er hatte alles brav mitgemacht. Aber aus irgendeinem Grund war das Büro heute nicht sicher, es entstand nicht das richtige Gefühl. Er empfand nicht das richtige Gefühl. Er war zunächst schon einmal viel kleiner als seine Haut. Dein Körper besitzt dich; noch ein weiteres Haus, nicht wahr? Fender tauchte vorsichtig wieder zu den Bullaugen seiner Augen hoch: das Taschentuch einer Dame in einem Papierbündel, eine Reihe von Büroklammern, glitzernder Federnschaft, eine Spirale des Telefonkabels, grausam zerknüllte Broschüren ... falsch, falsch, falsch, alles falsch ... eine goldene Reihe von Bleistiften, die Punkte setzte, dann Glick, bläulich, der sich freundlich herumdrehte, lächelnd, so tat, als hebe er seine Rippen mit seinen Händen an, geräuschvoll einatmend, ist es nicht hübsch? ... langweilige grüne Fahrerkabinen, mit Unfallspuren von Zusammenstößen bedeckt, dunkel gezahnte Lenkspuren auf dem Asphaltstreifen, das fleckenlose Rohr eines Stuhls, dazu auf der anderen Seite des Fensters, schwarz, der Name der Agentur in gotischen Lettern, und jenseits davon die helle Sonne, welche die Straße mit Spiegelungen übersäte, als wäre es Abfall.

Was ist das weiße Ding? Das da? das ist Ehrlichkeit. *Was?* fragte Fender, der sich auf eine neue Wut gefaßt machte. Das nennt man Ehrlichkeit, Fen ... *Lunaria annua.* Glick lachte das Lachen des kräftigen Witzbolds, und Fender fühlte sich unbehaglich. Man nennt sie auch die Geldpflanze. Und dies ist ein Fuchsschwanz, *Gomphrena.* Glick kippte, seine Schuhe kamen schimmernd nach oben. Glick, ja, ehm ... wie machst du sie, ich meine, wie kriegst du sie so trocken? Seine Stimme schien seltsam und weit entfernt, mechanisiert, als komme sie aus einem Lautsprecher. Das Büro trudelte weg, Feder, Bleistifte, Papier; das Telefon zog sich zurück, der Stempel, die Heftmaschine; und Glick sang ohne ihn weiter. Vielleicht hat Pearson was mitgekriegt, sagte Glick – das verhüllende Tuch ist von der Statue heruntergezogen worden, oder vielleicht hat er kein Kleingeld für die Zeitungen, endlich ist er ruiniert, in Stücke gegangen, seine Taschen wölben sich vor Bruchstücken; oder vielleicht hat er ein Haus verkauft und ist sauber in die Tiefe gesaust wie die Dachschräge auf einem Kirchturm. Seine Finger als Fliegen, Glick flog damit in Spiralen herum. Es war alles für Isabelle, und Fender hielt es nicht aus. Wo *war* Pearson? Dörrst ... dörrst du sie irgendwie? fragte Fender. Aber Glick händigte sich gerade Isabelle aus, lächelte sich die Seele aus dem Leib. Fender konnte es nicht ertragen. Nein, Isi – nein, sagte Glick, ich sehe es jetzt ganz deutlich –, jetzt seh ich plötzlich alles. Er sah zwischen seinen Fingern durch. Im nächsten Moment – Himmel! – würde er ihr als Reiseführer in einem Bus die Sehenswürdigkeiten zeigen. Behandelst du sie so wie Trauben? Glick stieß seine beiden Handflächen nach vorn wie ein Verkehrspolizist. So drang die Neuigkeit zu ihm – ich bin sicher – gibt eigentlich keine andere Möglichkeit – er hats in den Gesellschaftsnachrichten gelesen. Pflaumen? Wie Pflaumen? Die Gesellschaftsnachrichten! Isabelle war am Kichern. An der Kontaktlinie zwischen ihnen beiden hätte man ihre Kleider aufhängen können. Ih-hii-hii, Schätzchen. Alles mögliche Getrocknete an diesen Tagen: Früchte, Milch, Erbsen, Bohnen, sogar Eier, Kartoffeln. Er hats in den Gesellschafts- oder Wirtschaftsnachrichten gesehen. Die Wirtschaftsnachrichten, sagt Isabelle, Schätzchen! Wie konnte sie nur? Fender hörte, wie er selber laut wurde. Überraschung zeigte sich auf ihren Gesichtern. Er hatte sich für eine Entgegnung entschieden; er mußte sie davon abbringen; er konnte ihr Duett heute weder ertragen, noch konnte er zu den grausamen Gipfeln ihrer Fröhlichkeit hochsteigen. *In der Jugend geschnitten, in losen Bünden gebunden, Kopf nach unten aufgehängt, kalter trockener Ort, wo ein leichter Wind nachhelfen könnte ...* Die Gelegenheit war vorbei, Glick sprach so schnell. Dann eben bei den Cartoons, sagte Glick und begann das Aufsagen, als Pearson die Ballons blau anmalte, da hat ers gelesen – ein Hund hats gesagt. Isabelle zappelte erregt. Es entstand ein Geräusch von rinnendem Sand und gleitendem Papier. Fender schloß die Augen. Er konnte es nicht ertragen. Sicher die Wirtschaftsseite, sagte sie, aber Glick war losgelassen – drehte sich auf seinem Stuhl, hüpfte, zeigte herum, wackelte mit dem Kopf und schnitt Gesichter.

Der Besitzer des Hauses und der Parzelle Nummer siebzehn elf Pierce; der Zweizimmerwohnung, die an den Weg bei Nummer vier siebenundsiebzig Chauncey stößt, früher das Familienhaus und jetzt geteilt ...

Fender starrte dorthin, wo ihre Lust sich in geperlten Stämmen teilte: Glicks Fäuste kippten auf seine Knie zu, die Daumen waren Köpfe ...

... von Parzellen bei Nummer sechs nein fünf North Erie und zwei dreiundzwanzig Scott, beide leer, bis auf Asche, Eimer und eingesessenes Unkraut ...

... so eine wirdtraurig Geschichte, Schätzchen, sagt Isabelle, so eine leidtut Geschichte ...

… ein abgetretener Weg über Billswool Place …
Den kenn ich.
Tatsächlich, Liebling? Jaa … Mieter schmutziger Bürofläche Nummer neunundachtzig South Main nahe beim Hauptbahnhof und nicht weit vom Bus …
Vielleicht, so dachte Fender, sollte er sie niederschreien, einen Anfall kriegen, von so was wie einem Krampf mit Schaum vor dem Mund ergriffen werden.
Wie viele Erbsen, Glick, glaubst du, enthält der durchschnittliche überbackene Auflauf? und Rindfleisch? Er könnte das fragen.
… schmutziger Arbeitsraum …
Ja wirkiwirklich, sagt Isabelle.
… ein rattenzerfressenes Loch …
Kennen wir das nicht, fragt Isabelle.
… ein gottverfluchtes Grab …
Au aber jetzt, Leo, ruft Isabelle.
…aber leicht erreichbar …
Sehr leicht erreichbar, sagt Isabelle.
… zum Bus …
Zum Bus, ja, sagt Isabelle.
… und zur Eisenbahn …
Wie du sagst, sagt Isabelle, die Eisenbahn.
Was war Epilepsie anderes, dachte Fender, als ein Kampf mit den Mächten der Luft.
… Inhaber einer Einfachfahrkarte des Leo Glick und des Charlie Fender …
Und auch meineroo, sagt Isabelle.
…Titular abgelaufener Garantien, einer Baisse-Klausel, verwirkter persönlicher Kautionsgarantien …
Iiii …

... Inhaber von Hypotheken ...
Wie viele Erbsen? das könnte er fragen. Mach schon, Glick, errats.
... Tennisplätze, Colamaschinen, Parkplätze, Verkehrsinseln, Zirkuszelte, Katzenhäuser ...
Dadsechlich, das wußd ich im Brinzip gar nicht, sagt Isabelle.
... darüber hinaus Titular von Optionen ...
Fender hatte sich dafür entschieden, in der Bratensoße und dem Dampf herumzuwühlen.
... Feuerleitern, Speisenaufzüge, Kleiderabwürfe, Briefbeförderungsröhren, Lifts ...
Errat, wie viele Erbsen? Ich bin nicht so grün wie du, Glick, nicht zuverlässig diskret, nicht zwischen Gabelzinken eingezwängt, nicht auf dem Feld gezüchtet, nicht einmal durchgebissen oder gegen die Zähne gemanscht.
... Pißbecken und Plumpsklos ...
Leo, *ich bitte dich*, sagt Isabelle.
Fender erinnerte sich, daß die letzte Volkszählung ihn übersehen hatte. Er mußte auf sich aufmerksam machen. Wie sauer er deswegen gewesen war.
... und dann auch Hausbesitzer in geradezu londonhaftem Nichtvorkommen von Slums auf dem Land und von Kleinfarmen in der Stadt ...
Fender fing an, wild nach seinen Daten zu greifen – die freundliche pupurfarbene Karteikarte – und vielleicht würde Pearson kommen; Herr machs möglich.
... Are von Gebüsch und erodierenden Abflußleitungen, Schlammebenen, Flußinseln ...
Also, Glick, Himmel, hör auf, *Schluß*, zieh Leine!
... Ehedem ...

Schätzchen, schreit Isabelle.

... Ehedem, sage ich, obwohl zeitweise noch immer Händler für Lampendochte und Fotoautomaten ...

Schon gut, schon gut, schon gut, schon gut, denk nochmal nach ...

... ebenso wie von Salzsümpfen in Florida, Fichtenödeneien in Kanada, Sandgebieten und Klippenhängen in New Mexico und Arizona ...

Ookay ...

... in Kentucky: Höhlen; in Montana: Bergkuppen; übers ganze Land verteilt – die entsprechende Werbeanzeige; zu vermieten, zu mieten gesucht, Zeitmiete, Langmiete, Charter, oder zum Verkauf: Viehkitzel-Ranchs in Idaho, zum Beispiel (o pardon, Isabelle) ...

Vergeben, Liebling.

Wart, bis du tot bist, du wirst sehen. Sie werden nur das Physische respektieren – nur recht so.

... Jawollmonsiör, Pearson von der Pearson Agentur und die Pearson Agentur selber sind alle am Ende, kaputt; sie sind wuff, flutsch, hopsgegangen ...

Du singst so mild wie eine Drossel, sagt Isabelle.

Die meisten Körper überleben die darin zur Miete wohnenden Seelen – weißt du das? ich habs irgendwo gelesen. Wahr.

... jawoll, dieselbe Pearson Agentur ist nach Jahren vorzüglichen Dienstes an der Allgemeinheit absolut kaporess (entschuldige mich, Isabelle, aber absolut kaporessss!) ...

Übersiehs, Süßer, ließt dich mitreißen.

Weißt du, Fender, ein Mensch kriegt sein Wohnzimmer für wenig Miete. Darüber muß man nachdenken. Auf die Nase, Schmatz.

... und Pearson, bei Rückständen seiner Aktivposten ...

Ach Leo, das ist gut, das ist *immer* gut, sagt Isabelle.

... in bitterer Scham, in tiefer Verzweiflung, mit ganz bitterem Zug um den Mund und so ziemlich gänzlich zerdrückt, hat sich nicht in das Schwert seiner Loge gestürzt ...

Nein? wundert sich Isabelle.

... aber auf die – auf die impertinente Spitze eines Eiszapfens ...

Was? ruft Isabelle aus.

... also wird sich, wenn er wegen Perforation geschmolzen ist, jedermann wundern – wie in den Rätselbüchern und -filmen –

Ohhhh, sagt Isabelle.

... in dem Maße, wie er den Deckel tiefer auf sein Leben schraubte ...

Die Umschlagseite seiner Karriere zuklappte ...

Psst jetzt, Süßer – laß *mich* ... also sage ich, daß jedermann sich wundern wird, wenn er nach der Durchbohrung geschmolzen ist, sowohl, weil er die Luft ebensogut aus seinem Leben rausläßt, wie sie es nur je taten, wie auch, weil er sie in sie gepumpt hatte.

Leo, du bist einfach fabelhaft, ich meine wirklich fabelhaft.

Ja, du bist einer der Klugen im Lande, Glick, weißt du das? einer der Klugen im Lande.

3

Als Fender langsam näherkam, stiegen sie aus ihrem Wagen und warteten auf dem Gehsteig auf ihn. Sie schien schrecklich klein und eingemummt, und als er näher kam, sah er, daß sie beides war. Ihr Hut war pelzbesetzt, sie trug einen Pelzmantel, der in Mahagonitönen gefärbt worden zu sein schien, und rund um ihre Überschuhe klebten zerfetzte Fellstreifen, die offenbar in eine ähnliche Farbe getaucht worden waren. Ihre Hände waren in einem Pelzmuff verborgen, der fast zu ihrem Mantel paßte, und sie stand sehr formell, den Muff in ihrer Mitte, wie eine Figur auf einer Abbildung oder im Schaufenster eines Ladens. Sie war sogar noch kleiner, als er gedacht hatte; die Pelzverbrämungen ihres Mantels waren lang und vulgär, der Kragen schloß sich um ihr Kinn, ihre Überschuhe hatten hohe dünne Absätze. Der Mann sagte etwas. Fender grüßte ihn; seine Worte waren fröhlich. Die feuchten Lippen, die Bewegung des Armes, der Händedruck, das Fältchen am Augenwinkel, der Ruck, den er seinem Kopf gab – alles war da, wurde eigens für ihn aufgeführt, übte seinen Zauber aus, wie er gern dachte, denn selbst wenn er bloß Ringleys Hundehaus verkaufte, verdankte er dies Pearson, und nach diesem Morgen fühlte er seine Loyalität vielleicht noch tiefer als je zuvor. Er anerkannte dankbar seine Schuld, weil Pearson viel besser war als … viel besser als Glick und all die anderen Leute, die ihn regelmäßig verspotteten. Er war auf jeden Fall besser. Er hatte einen wunderbaren Glauben. Und obschon es stimmte, daß er ein schlechter Verkäufer war – er hatte zuviel Schwung, der trug ihn über den Verkauf hinaus – und doch … Fender lächelte der Frau zu, welche blinzelte. Sie hatte geschwollene Augen, und ihre Nase, zu Fenders Überraschung riesig und eckig, war unter den Nasenlöchern rauh. So geht es eben, dachte er und drehte sich weg; sie hat die Grippe oder sonst was, und jetzt kriege ich sie. Fender konnte den Leuten ihren Haß auf Pearson nicht zum Vorwurf machen. Pearson *war* ein Eisenfresser. Fender hatte oft genug seinen Ärger und seine Verachtung gespürt; hatte ihn die längste Zeit groß angeben gehört und bei seinen Herausforderungen versagt. Mit einem plötzlich aus der Tasche gezogenen Bleistift schrieb Fender Zahlen in den Schnee. Braucht natürlich ein bißchen Farbe ... liegt aber gut zurückgesetzt. Diese schönen alten Häuser ... heute gibt es keine andere Art mehr, Wohnraum zu kaufen, den Raum, den man für standesgemäßes Wohnen benötigt. Es stimmte: er war ein schlechter Verkäufer, er gab groß an, nun, ja, er log auch, er war ein Eisenfresser. Er war unmöglich eitel, ein unheilbarer Schwätzer. Aber er konnte eine Straße entlangfahren und ihr Schicksal erzählen wie ein Zigeuner. *Dein Körper besitzt dich; noch ein weiteres Haus, nicht wahr?* In ihnen alte Seelen, alte Seelen wie gealterte Witwen, sahen durch die Fenster, wie Pearson kam, hilflos, sogar unfähig, ihre Treppe hochzukriechen. Das Erdgeschoß würde wie einbalsamiert riechen, wenn es nicht feuchtklamm war. Er warf der Frau einen wilden Blick zu, aber sie schien ziemlich unaufmerksam zu sein, so in ihrem Tier verschluckt. Fender ging als erster den nicht freigeschaufelten Zutrittsweg hoch, wischte galant mit seinen Füßen von Rand zu Rand, um einen Pfad zu bahnen, und als er die Stufen hochschritt, kam eine Brise neben ihm auf, und die Sonne blühte so strahlend auf, daß der Schnee vor Licht hochzuspringen schien. Eiszapfen hingen von den hohen Dachtraufen des Hauses, fabelhaft verdreht, enorm lang, und rund um die Veranda wuchsen kleinere in verschwenderischem Überfluß. Die entstellen ein Haus bestimmt, sagte er, und der Schlüssel lag noch kalt in seiner Tasche. Be-ss-jtzss. Ein lieblicher Klang. Er stieß die Türe auf.

Und noch was tu ich – ich denk immer dran, einen Kleiderbügel mitzubringen.

Dies ist die Eingangsdiele. Wir sind eintretende Krankheiten. Wir sind drei Krankheiten. Wir unterscheiden uns untereinander: wer von uns soll die herrschende Krankheit in diesem großen alten Körper sein – der Muff, der Mann des Muffs oder ich? Die Ecken der Decke sind höher geworden, seit ich sie das letztemal sah. Bitte beachten Sie die Grandeur der Treppe. Weil sie kurvt. Kurvatur hat Grandeur. Die Säule ist eine korinthische. Und beachten Sie die an der Drechselbank gedrehten Kinkerlitzchen. Wenn Pearson denn also die Fähigkeit hat, das Schicksal von Straßen und Häusern, aller Arten von Parzellen vorherzusagen, indem er ihre Zukunft von ihren Flecken bis zu ihrer Farbe und ihren Schindeln abliest, könnte er dann nicht ... könnte er das nicht zum Beispiel bei einem Gesicht tun, oder bei einem Ellenbogen – Fenders eigener, so bemerkte er, war beschmiert – oder bei einem Angestellten? Dies ist ein Fensterplatz. Davon finden sich heute nicht mehr viele. Und Fender setzte sich schwer nieder. Natürlich fand die eigene Nase ihren Namen selten in der Zeitung gedruckt – daraus ließ sich nichts herleiten. Kinder lieben Fensterplätze. Die Sitzflächen lassen sich hochklappen. Deckel – schauen Sie. Eine Menge Stauraum darunter. Aber Fender rührte sich nicht, ein Gefangener seines Überziehers. Was hatte Fender in Pearsons Gesicht, Morgen für Morgen, wenn er sich voll gottähnlichen Auftretens über Fenders Telefon und Papierkorb gelehnt hatte, anderes gesehen als ein solches Urteil? Es gibt keinen, der dir hilft, Fender, du hast keine Geschichte, erinnerst du dich? Schwimm mit dem Strom. Das Haus war so leer, so still, daß er sie atmen hören konnte, und ihr dreifaches Atmen, eine Anleihe des Geistes, trieb über ihre Kragen und verschüttete sich auf ihre Ärmel. Die Gifte der Lungenentzündung sind die schwersten. Verschwindet in ihren Pelzen wie ein Nebel in einem Wald. Also würde die Agentur zusammenkrachen; vielleicht hatte sie es schon getan, denn sie mußte es tun – wann hatten sie etwas verkauft? Und hier ist Ringley, der mit den Kiefern wie ein Walroß. Und da lag seine Verantwortung. Er stand müde auf. Abmessungen! Er streckte seine Arme aus. Ein Meßband spannte sich magisch vor dem Türrahmen. Ohne Knick übernahm das meisterliche Metall die Führung.

Und dies ist das Wohnzimmer. Sehen Sie die hohen Fenster. Er zog die Rolläden hoch, und die Sonne schoß hindurch, erschreckte die in ihren Pelzen steckende Frau, deren Haare, wie Fender jetzt wahrnahm, an ihren Spitzen gespalten und schäbig gekämmt waren. Anständige Böden. Er stampfte donnernd mit dem Fuß auf, sein Schuh streute Schnee. Sollte eine Maus die Wände hochlaufen oder auf dem Dachboden eine Wespe erscheinen, was würde sie tun – in ihrer Haut verschwinden? Er ließ seinen Bleistift ratata über den Heizradiator gleiten. Nichts geht über Dampf. Er legte einen verehrungsvollen Finger auf die Tapete. Fleur-de-lis, sagte er. Sie machte keinen Mucks, aber sie machte eine Bewegung, um ihren Mann zu berühren. Königlich, sagte er und klopfte mit einem Knöchel an die Wand. Es stimmte: er war ein schlechter Verkäufer; er war ein Angeber und ein Lügner. Er hatte seine Kunden betrogen, war oft den Steuern ausgewichen, hatte Dokumente gefälscht, sich vor Isabelle wie ein Narr benommen, wie ein Kind, wie ein ... Kamen sie ihm nach? Was um Himmels willen wollten sie, was erwarteten sie? Wenn Sie bedenken, was der Besitzer dafür will, sagte er und drehte den Hals ... na, es ist eine Schande. Eine Liebesgeschichte, war es das? War das des Pudels Kern? Können Sie sich die besseren Tage vorstellen, Madame und Monsieur, als hier die Kerzenleuchter schimmerten und die Gastgeberin ihre Abendrobe über diese Stufen hinunterschleppte? Nachdem alle Schiebetüren zugezogen waren, tanzten die Ringleys.

Das nannte man früher das Lesezimmer. An Sonntagen las man hier drin aus erbaulichen Büchern vor, und die Woche über übte man Klavier, aber man konnte es als Familienzimmer gebrauchen: Hobbies, Kartenspiele, TV, Spielzeuge – gönnen Sie sich regelmäßigen Kraftsport. Mit einem verdrehten Rollo, einem splitternden Baum. Er drehte sich langsam um, hob die Arme. Ist es nicht wunderbar – welch ein Ort für Kinder! Die linke Hand war aus dem Muff geglitten und wurde nun auf dem Jackenärmel des Muff-Freundes und männlichen Begleiters gesehen. Sehr plötzlich wurden schnelle Schritte auf der Veranda hörbar. Fender hob das vordere Rollo an, und ein kleiner Junge drehte sich nach ihm um und starrte herein, einen Eiszapfen, der mindestens so groß war wie er selber, in den Armen wiegend. Um Gottes willen, keuchte Fender, rannte zur Tür, die Frechheit! Der Junge stand im Schnee und schaute furchtsam zum Haus hin, als Fender auf die Veranda stürzte. Wasfälltdirein, wasfälltdirein, schrie er, während das Kind floh. Diese Eiszapfen, Junge, mußt du wissen, gehören mit zum Haus! Sie sind ein Teil der Liegenschaft! Fender lief ihm nach, verlor aber seine Jagdbeute sogleich zwischen den Garagen. Das Kind lief schnell, und im tiefen Schnee und auf den rutschigen Fahrwegen und Vorplätzen schlug Fender, der im besten Fall ungeschickt war, zweimal hin. Und das Schlimmste: der Dieb hatte seine Trophäe behalten. Langsam kehrte Fender zurück, ganz verrenkt, reinigte seinen Mantel und seine Hose. Wie sich Kinder heutzutage benehmen – kein Respekt –, na, die trauen sich alles –, stellen Sie sich vor – vor unserer Nase – dazu noch mit unserm Schild da draußen – *Pearson Agentur*, lebensgroß – aber was machts ihnen aus? nicht diesen Kindern – die stehlen sogar die Schilder –, Sie würden sich wundern. Fender schüttelte den Kopf. Herrgottnochmal, was für eine Frechheit, sagte er. Als Fender allerdings aufblickte, konnte er keinen von seinen Kunden sehen, und einen Augenblick später, als seine Augen sie überall wild suchten, entdeckte er sie, wie sie in ihr Auto einstiegen, das, obgleich die Hinterräder aufheulend durchdrehten, fast unverzüglich wegraste.

Zu Hause, denn dorthin hatte sich Fender in Panik sofort begeben, schaufelte er erst den Gehsteig frei. Es war eine angenehme Arbeit, sein Körper machte gut mit, und seine Bewegungen beruhigten ihn. Er machte oft Pause, um seine Eiszapfen anzusehen, die ganze Reihe, welche feurig aufleuchtete, die Sonne festhielt wie eine Jungfrau in ihrem Schlaf oder eine Prinzessin in ihrem

Turm – so real, so falsch, so verzaubert. Dieses Bild war seine eigene Erfindung, und er war stolz darauf. Als er den Gehsteig freigeschaufelt hatte, saß er bequem an seinem Fenster, besah sie sorgfältig von dieser Seite, beobachtete ihre spiraligen Ringe und Grate, die wolkigen, die körnigen, die zellulären Stellen ebenso wie das neue Eis und dessen bizarre überraschende Fortsetzung, die Warzen und Grübchen, die auf einigen erschienen, die fadenartige Qualität von anderen, kurz, jede Besonderheit ihres Wachstums, stellte sich plötzlich vor, er habe ein ganz durchdringendes wissenschaftliches Auge, kalt und rücksichtslos wie ein Messer, aber, was Wärme und Freundlichkeit betraf, so philosophisch wie eine Wolldecke, es sog alles ein und absorbierte ihre Natur so vollständig, wie dies eines Tages das warme Wetter tun würde. Das Schmelzwasser des Schnees lief an ihnen herunter, kühlte dabei ab, bis es gradweise wieder fror, obschon sich manchmal an der Spitze ein Tropfen sammelte und von dort floh. Über beträchtliche Strecken wuchsen sie gelegentlich krumm, um sich zu berühren, oder sie warfen seitliche Sprößlinge aus wie Reben, mit winzigen, gierig gekrümmten Fingern. Als er den Briefträger kommen sah, eilte Fender hinaus und stand vor dem Haus, schraubte sich schmerzhaft ein Lächeln ins Gesicht, sich zu Tode ängstigend, der Mann könne ihn zur Seite stoßen und sie abbrechen. Demütig empfing er seine Post, und erst als der Briefträger schon wieder unterwegs war und unmöglich etwas vergessen haben und wieder zurückkommen konnte, hielt es Fender, abgekämpft und seufzend, für sicher genug, wieder hineinzugehen. Er blätterte sich planlos durch die Briefe – Rechnungen, Reklame, nicht viel. Du hast keine Stelle, Fender, sagte er, und du hattest noch kein Mittagessen.

Die Schönheit der Eiszapfen ist ein Zeichen für die Schönheit ihres Besitzers, dachte Fender. Sie waren ein Zeugnis für die Gunst der Natur, wie schöne Haut, schönes Haar, blaue Augen. Nur die Eiszapfen waren wichtig. Was wog ein Mittagessen, wenn er den Geist nährte? Wenn er sie in sich selber zum Wachsen bringen könnte, wenn er sie wie ein Jahrmarktkünstler schlucken und ihre Schönheit in seinen Körper hineintun könnte ... Er träumte, aber er war verwirrt, ganz und ehrlich verängstigt. Die Sonne selber würde sie zerstören, oder sie würden in der Nacht vom Wind abgerissen oder hilflos in der Schwere ihres Panzers hinunterfallen. Aber Besitztum dauert ... Pearson hatte zweifellos sein Grab auf dem Friedhof bezahlt. Er würde sich zuerst um seine letzte Adresse kümmern – das sah ihm ähnlich. Diese Krypta ist die Stelle, wo der große Mann begraben liegt. Darin hält ein Sarggestell, Bronze, mit geschnörkelten Haltern einen Plastiksarg wie eine Thermoseinlage. In einen Satinüberwurf eingewickelt, waagrecht unter der Erde, liegt seine hohle Körpermulde, in der die Einbalsamierungsflüssigkeiten schwappen. Im Augenblick kümmerte es Fender einen Quark; er setzte einen Kuß auf die Scheibe und sah den Zeitungsjungen kommen. Du liebe Zeit, der brach sie ab –. Dann ging Fender wieder zur Türe, um den Jungen mit seiner schönsten Heuchelei zu grüßen, aber der Junge ging schlechter Laune vorbei, Gott sei Dank, kaum daß er zum Gruß nickte. Er, Fender, würde nicht in der Zeitung stehen. Keine blaue Linie würde über ihn fahren. Aber auf der Titelseite war ein Bild eines grimassierenden schweinsbackigen Mädchens, nicht älter als drei oder vier, das genauso groß war wie ein unendlich verkrümmter, knotiger, drohender Eiszapfen, der aussah wie eine Baumwurzel, und der tat, wozu er da war – er verschluckte es. *Freuden im Eis, dem König der Stadt.* Ajj. Ekelhaft.

Aber Fender, was für Dummheiten traust du dir selbst zu? Was haben diese Gesetze, Schönheit aus Wechsel schaffend, mit dir zu tun? Auf eine langweilige Art bist du häßlich, sicher hinterlistig, feige und illoyal, billig und dünn wie die zu oft gebügelten und gereinigten Kleider, in denen du dastehst. Aber Fender fühlte den Gewissensbiß des Schuldigen nicht. Es gibt ein anderes Gesetz, sagte er, das Gesetz, das mir Schönheit verleiht, weil ich wachse wie sie, allmählich verdiene ich sie, ich habe heute meine Stelle verloren, und ich habe kein Mittagessen. Fender, dies sind Eiszapfen. Untergehen ist das passende Wort für sie. Er schleuderte die Zeitung auf einen Tisch und schritt im Raum umher und versuchte verschiedene Formulierungen. Nun denn, sagte er, meine Seele soll auf ihr Ende hin angenehm werden. Wie groß, Fender, wie groß bist du, so zu sprechen, der du so übel zitterst, daß du kaum stehen kannst. Was hast du mit deinem Leben getan? Mit einem vulgären *Uff* sank Fender erschöpft in einen Sessel. Heute abend würden sie spektakulär sein, dachte er. Er würde sie von allen Seiten sehen, aus jedem Winkel beobachten. Sie konnten seine Augen packen, so wichtig waren sie für ihn, und sie schleifen wie Linsen. Was für eine Farbe würden sie haben? Er würde eine rosafarbene Birne in die Verandenlampe schrauben.

Fender. Du hast keine Stelle. Er hatte keine Stelle. Er zuckte mit den Schultern. Na denn. Das Wetter war jämmerlich, das Abendessen wieder nicht heiß genug, das Bett würde ... wie immer. Aber er hatte eine Adresse. Mein Gott, dies sind die schlimmsten Worte der Welt, die schlimmsten der Welt, ich meine, wenn du in der Zeitung liest, wo sie berichtet, daß der und der ohne feste Adresse wegen Vagabundierens oder Taschendiebstahls aufgegriffen oder wegen Trunkenheit und Ruhestörung verhaftet wurde, und sie sagt: ohne feste Adresse. Stell dir vor. Pearson heult; er wehklagt mit seinen Armen. Ein solcher Mensch hat *keinen Wohnort*. Er kann nicht aufgesucht werden. Er ist wie eines dieser nichtphysischen Dinge, worüber man jetzt in der Wissenschaft redet – eins dieser Teilchen, das sich bewegt, weißt du, immer weiterbewegt, aber nicht durch den Raum. Gott. Wer kann das verstehen? Ich überlasse es seinem Schicksal, wie ich diese Vagabunden der Polizei überlasse; aber stell dir einen Mann ohne Wohnort vor, ohne einen bekannten Ort mit einem gewissermaßen feststehenden Namen; das ist ja doch wie allein zu sein auf hoher See, ohne ein Stück Treibholz zum Anklammern – die Haie auf den Fersen. Fender zuckte die Schultern. Fender: du hast keine Stelle. Dir fehlt eine Tätigkeit, Fender – eine Stelle, Fender – ein Ort zum Malochen. Er zuckte mit den Schultern. Jaa. Das fehlte. Und Fender – Charlie Fender – von der Hausnummer soundso der Straße soundso der Stadt und des Bundesstaates soundso hat gekündigt, ist entlassen, steht draußen, in seinem Alter, nach so derartig vielen Jahren ... Ja, dachte er, ich gebe mir nicht einmal selber zu tun.

Zwischen den Armlehnen seines Sessels fühlte er eine große Distanz zu allem. Seine Arme auf den Armlehnen des Sessels umarmten ihn, drückten. Und er befand sich nicht in dem Raum, in den seine Zehen hochzeigten. Es hätte ihm, so vermutete er, jederzeit zustoßen können: ein schrecklicher Unfall wie ein Flugzeugabsturz, der ohne Unterschied Glieder und Gepäck zerriß und Toilettenartikel in der Gegend herumstreute. Flugzeuge waren Besitz. Er sah seine Socken langsam hinunterfallen; sie würden dann an Drähten und Bäumen hängenbleiben. Alles war Besitz – Pearson hatte recht –, aber uff! und es schneit Hemden und Geschäftsunterlagen. Der Sessel ... die Arme des Sessels wurden nicht müde. Uff, Fender. Kannst du deine Bakterien eindämmen? Nein, du bist ohne Eisschrank. Also uff! Ein Tag, und es ist vorüber. Selbst jetzt schmilzt du ab. Stimmt – aber diese Eiszapfen sammeln den Schnee, während er weicher wird, setzen ihre Kälte der Sonne entgegen und verwandeln ihre Vorgänge in ... Isabelles. Schau, Fender: Füße flach auf den Boden. Behalt. Sie. Dort. Arme auf die Lehnen des Sessels. Armsessel. Ach, umarm und halte fest und sei geliebt! Aber Fender rührte sich nicht. Seine inneren Ausrufe waren wie Reklameschilder – für Benzin und Cola – von der schlimmsten Sorte. Sessellehnen waren Besitz. Sie würden ihn in Holz verwandeln; ihn neu einhäuten zu etwas Blumenhaftem, eine Anordnung von Mustern wie in einem Tanz, um seine Hautoberfläche zu schmücken. Er würde ... tätowiert werden. Es war dumm. Er versuchte sich selber in die Wortlosigkeit zu treiben. Es gab so viele Worte, die ihm Kummer bereiteten. Sätze. Stimmen. Szenen. Es war dumm. Jaa, endlich stehst du zum Verkauf, Fender. Ja. Er lebte in seinem Auflauf wie die Erbsen. Das ist sehr komisch. Ich hoffe – vertraue darauf, daß du den Humor darin siehst –, daß du zum Verkauf ausstehst. So im Sessel festgehalten, konnte er sich zu keinerlei Musik bewegen. Er war tätowiert. Die Beine der gestrichelten Linie entlang übereinandergeschlagen. Tak. Tak. Tak. Er starrte auf seine Knie ... wo fiel es wie hosenförmiges Wasser ... was? Sie spielten farbige Beleuchtung auf die Niagarawand. Seine Eiszapfen schimmerten schwach. Dieser Junge hatte einen so großen mitgenommen – Gott – so sorglos – und ihn weggetragen. Was wußte der! was fühlte der! der Schmerz für dieses arme Haus! die Verrenkung! Und doch schrie Fender nicht; er bewegte sich nicht. Dennoch fiel er zu seinen Füßen hinab ... sanft, still. Wie Socken, die bei einem Flugzeugabsturz verstreut wurden ... leichter Schneefall. In jedem Auflauf gab es wie viele? wie viele? wie viele? ... Erbsen.

Also stehst du endlich zum Verkauf aus, Fender. Das ist sehr komisch. Ich hoffe, du siehst den darin liegenden Humor. Es macht einem die Arbeit ein ganzes Stück leichter – ich meine, wenn Humor darin liegt und der Humor gesehen wird, ist es ganz allgemein leichter. Sei glücklich, was? Stimmts oder hab ich recht? Wie lange willst du weiter auf der Arbeitslosenliste stehen? Na, das war ja klug gemoppelt, den ganzen Winter über stellenlos zu sein, das ist alles, was ich sagen kann. Was ich meine, es war dumm – saudumm. Denk mal richtig nach, du warst länger stellenlos als das. Dir wird es sicher ganz dreckig ergehen. Na, wenn ich du wäre und in Anbetracht deines Falles, was im großen ganzen und überhaupt das Beste ist, ja, da würd ich alles mehrmals auf die Meldeliste setzen. Auf diese Art kannst du, wenn was Gutes vorbeikommt, den Handel mit dir selber abschließen – schließlich bist du bei einer Agentur – Pearson – Himmel, er ist ein Sausegen, ja, Pearson.

So oder so kannst du von niemandem verlangen, daß man sich nur noch mit dir beschäftigt – ich meine, du weißt, so geht es eben, es ist ein hartes Geschäft, und fünf Prozent von dir – na, soviel wirds wohl nicht werden. Okay? Gut, daß das klar ist – glückliche Sache. Und nun, was sind deine Maße? Wieviel Platz hast du da um die Rippen rum – da am Brustkorb? Viele Nierendysfunktionen? In deinem Alter treten die oft auf. Deine Schultern hängen herunter, und wir sollten dir diese Warze vom Kinn wegbrennen. Warum zur Hölle – wenn ich eine solche Warze an meinem Kinn hätte – hör mal, ich muß das Übliche überprüfen … Hm, deine Haut sieht irgendwie fibrös aus, fürchte ich, und ein bißchen fleckig – armselige Ware – schuppig, dünn – eine bittere Kost. Wie lange sind diese Quetschmale schon da? und dieser Streifen Blut am Schienbein? aufgebrochene Kapillaren, oder? Sag, Fender, zur Sache, wir sind im selben Geschäft, von Mann zu Mann, was? warum all die Mühe? Teufel, du weißt, daß die Arbeitslosenliste für jedermann dieselbe ist: Stirnhöhle, Milz, Eingeweide, alle diese Drüsen … Sollten wir mit dem Gaumen anfangen und gleich nach unten gehen: Zähne, Mandeln, Zunge, Lunge, Leber, Bronchienäste? lohnt es, daß man sich damit abgibt? Und danach, laß mal sehen, wenn wir hochsteigen, ist es Rektum, Darm, Magen, Herz und so weiter, das ganze weiche Zubehör, und dann der Schädel, Wirbelsäule, Becken, Rippen und so weiter, und so weiter – aber das macht nicht viel Sinn – ich meine, schau dir mal ruhig eine Minute deine Chancen an. Sieh her, Kollege, deine Eingänge versprühen keinen Charme. Wie ich sage – wir müssen den Tatsachen ins Auge sehen, und ein altes Haus ist ein altes Haus. Du kennst das Geschäft. Keine Überraschungen. Stimmts? Also wollen wir uns auf die guten Punkte konzentrieren, so wir können – hübsche Hinterbacken vielleicht – wir haben Kundschaft dafür. Aber ich mag dieses lose Haar nicht. Heiland, was hast du mit deinen Knöcheln angestellt? Und was soll das Licht da drin? Verdammt, du *weißt*, das fragen sie als erstes. Sie kommen rein – sie wollen wissen, wo das Licht hinfällt. Sag, ich erzähle euch einen Trick. Ich nehme immer ein Meßband mit, und hin und wieder, wenn die Sonne angenehm hereinscheint, messe ich sie für sie – soundsoviel Fuß lang. Du kannst dir die Wirkung vorstellen. Verkaufen ist nicht nur beschissenes Glück, Neemonsiör. Nicht alles beschissenes Glück ... Scheißaufsglück. Was? Du behältst die Nerven? ganz ohne Witz, wie könntest du denn die Nerven behalten? du hast keinen Unterschlupf. He – stimmt das nicht? Nichts zu sagen – stimmts? Fender, du hast keine Antwort – stimmts? Wie werden sie unter einer farbigen Glühbirne auf deiner Veranda aussehen, die Wände des Niagara? Hast du kürzlich dein Herz spülen oder deine Eingeweide fegen lassen? Ich hätt gern die genauen Daten. Na, macht nichts, macht nichts, wir sind Geschäftsfreunde – aber laß uns ein paar Stuhlgänge ansehen, bevor ich weggehe, einfach aufs Geratewohl, kommt aufs selbe raus ...

Schuhe, der Teppich – er sah den Teppich – und ein Tischfuß, der sich aus dem Gewebe erhob, dicker wurde, während er wie ein Baum auf seine Spitze zuwuchs – war er aus rosafarbenem Holz? – stand eigenschaftslos und schwach schimmernd da. Be-sss-jtzzz: ein lieblicher Klang. War der ein Organ, das herausschaute? sah es von der Leber aus gesehen so aus, liegend ... wo? Er wußte, wo in überbackenen Aufläufen sich wahrscheinlich Erbsen befanden, aber er konnte sich seine Leber nicht vorstellen – nicht wünschen – die Art, wie er von Frauen träumte, immer mit einem Fleck an der Möse – Be-sss-jtzzzz. Sie schimmerten. Er konnte es nicht ansehen. Fender – warum nicht mieten? Schon recht, schon recht, ich gewähr dir gern mal ne Unterbrechung, aber ich hab drauf keinen Einfluß, ein Verkauf ist keine sichere Sache, nicht jedermanns Jagdgründe, es ist anders, als du es warst, kein Stück Honiglecken, sie sind nicht scharf drauf, sie haben keinen Drang. Ja schon, um *über* ihre Verhältnisse zu leben, aber nicht, weißt du, um zu ... He, stimmt das oder hab ich recht? Jetzt – Schäden an der Haut? mach deinen Jahrgang zu deinem Besitz, wahrscheinlich gibts paar Verrücktheitsanfälle – aber, ja, für den Schaden hätten wir eine Dekkung. Zugluft kommt rein? Ich weiß nicht, Fender. Ehrlich gesagt. Du bist in einem schlechten Bezirk. Es ist die schwache Saison. Die Dinge gehen überall nur langsam voran. Du könntest es mit Untermietern versuchen ...

Abgelegtes Papier auf dem Tisch, glattbemalte Wand – er sah die Wand – sie ging hinauf nach nirgendwo, Blick rann wie Wasser über sie. Stützen. Stützen. Schau her, Fender, es ist eine emsige Zeit, eine emsige Zeit ... Sicher werden sie lachen – pi pi hi – so werden sie lachen. Was kann ich tun? Wenn sie lachen, lachen sie. Ein Haus für Hundebewohner ist ein Hundehaus, um scheißklar zu sein, und so werden sie lachen. Du kannst wetten, da gibts ne Menge Rein- und Rauslatschen. Sie werden wissen wollen, was du von dort aus siehst, wo du bist; sie werden dich fragen, wie die Aussicht ist ... sollte dies die Neuigkeit sein? Wie schon mein Boß sagt: komisch ists nicht, aber es ist

Geld. Schon recht. Laß uns vorwärtstrotten. Füße platt, nehm ich an? Blase geflickt? ... ja? oft? wieviel kann sie enthalten, bis sie drückt? Ha ha. Kam mir einfach so in den Sinn – wie alles. Ellenbogen als nächstes. Dann die Knie? Zehengelenke? Du bestehst nur aus Knochen, und auch der Stil ist nicht in Mode. Nun, es ist nicht mein Fehler, Fender, aber sie werden einen guten steifen Schwanz wollen und einen steinharten Ständer, weißt du, die Art, die warm gegen den Bauch drückt, wenn sie oben ist, was die Kinder heutzutage ne wirklich heiße Rute nennen. Sie werden so was wollen, wenn sie achtzig sind – und wer kann sie tadeln? Wenn du vielleicht den Markt ein anderes Mal ausprobiertest oder dich in die Hände eines hellen jungen Burschen begäbest, eines wirklichen Kommenden. Da ist dieser Bursche in deinem Büro – Glick. Er wird bald auf eigenen Füßen stehen und glücklich dein Geschäft einstecken ...

Die Wand ging an der Wandkante in die Decke über. Er gab seinem Kopf eine Drehung, um folgen zu können; sah die Decke; grauweiße Ähnlichkeiten des Raumes, ziemlich gräulich, sonnenlos, nicht vom Schneefall bedroht, nicht scheckig, weiß, gewichtig, Himmel, auf und ab, so weit, so tief, seine ganze Größe, länglich, so schwer wie etwas Gekauftes – dasselbe unversackende Dasselbe. Hör mal, ich versuchs dir zu erzählen, Fender. Wir kommen alle dahin. So geht es. Es ist einfach. Du hast einen Wohnort, und niemand will da leben. Na gut, na gut, ist ja nur ein Beruf – mit mir ists nur ein Beruf. Laß mal sehen, du schluckst. Schön. Jetzt spuck aus.

Weiter vorn auf der Straße gab es Figuren, die sich bewegten, schwarze Flecken schwammen in seinen Augen,

Asche von irgendwoher. Das Licht war schlecht für ihn – der schreckliche Glanz – sein ganzer Kopf brannte. Er blinzelte, und dann konnte er einen Augenblick lang Windjakken, rote Mützen und glänzende Stiefel sehen, gelben Cord. Eine ganze Gesellschaft von Kindern – meist Jungen – irrte umher, warf mit Schnee und schrie auf dem Hügel oben. Du hast kein Recht zu weinen, Fender, wessen Schuld ist es? Sein Sessel hielt ihn fest; er hatte keine Energie; er würde nie wieder etwas verkaufen; sicher war er krank. Was tust du dann, Fender? Was tust du morgen? Morgen, dachte er. Gott. Die kommende Stunde, die nächste Minute, die folgende Sekunde. Sollte er sich schneuzen? seine linke Hand heben? lachen? Er versuchte, den Kopf für die Kinder klarzukriegen. Eine Zeitlang, während er zuschaute, bewegten sie sich heftig und kreisten ziellos auf dem Hügelkamm, aber allmählich wurden ihre Bewegungen absichtlich, und sie sammelten sich öfters, gingen dann wieder auseinander, regelmäßig wie ein Puls. Zum Schluß standen sie alle einen Moment bewegungslos zusammen, in einem roten Knoten. Er sah, wie sie auf ihn zeigten – direkt zeigten –, und er hörte, wie sie schrien. In seiner Angst, stöhnend, ergriff er die Lehnen des Sessels, der ihn festhielt, aber er machte keine Anstalten, aufzustehen und sie abzufangen. Er eroberte sich zum dritten Mal an diesem Tag. Streifen, Stiefel, Knöpfe, Quadrate, Gelb – er starrte sie an –, Schlitten und Plastikeimer und Metallschaufeln, Mützenquasten, Fausthandschuhe, Schellen, Plaids, Pelzsachen, der Zweig einer Rottanne, Wolken durcheinandergewirbelten Schnees, Zischen, durchdringende Pfiffe, ein flatternder, dunkelgrüner und scharlachfarbener Schal hinter dem Nacken eines Kindes wie eine militärische

Fahne. Dann war es, als hätte sich plötzlich eine Faust geöffnet, und sie kamen vom Hügel herunter, als schneite es Felsen.

Inhalt

Mrs. Mean 5

Orden der Insekten 57

Eiszapfen 69

WILLIAM H. GASS

IM HERZEN DES HERZENS DES LANDES
Erzählung
Aus dem Amerikanischen von Jürg Laederach

PEDERSENS KIND
Erzählung
Aus dem Amerikanischen von Jürg Laederach

»›Pedersens Kind‹ ist eine Erzählung wie ein Feuer. ›Im Herzen des Herzens des Landes‹ ist eine Reise in das Innere eines fremden Kontinents. Wer die beiden fingerdünnen Bücher von William H. Gass nicht liest, verpaßt eine Entdeckung und darf sich nicht beklagen, daß es nichts zu lesen gibt.«
Verena Auffermann, Süddeutsche Zeitung

»… ein bedrückendes, aber herrliches Stück Literatur, das die Grenzen der menschlichen Existenz auslotet. Wir bitten um Fortsetzung.«
Günter Kaindlstorfer, Die Presse